ヴァージニア・ウルフ

病むことについて

川本静子 編訳

みすず書房

病むことについて　目次

伝記という芸術

I

ところで、伝記という芸術は——だがこう始めると、たちまち次のように問いたくなるのだ、伝記は芸術なのだろうか？　と。伝記作家が与えてくれる強烈な喜びを考えてみれば、これは愚問だろうし、意地の悪い質問であることは確かである。しかし、これは何度もくり返される質問なので、その背後には何かがあるにちがいない。新しい伝記を開くときはいつでも、その質問が頁の上に影を投げかけているのだ。そして、その影には何か命とりのものがあるように思われる。膨大な数の伝記のうち、結局、ほとんどが残らないことを思えば！

だが、この高い死亡率の理由は、伝記が詩や小説などの芸術に比べて、歴史の新しい芸術であることだ、と伝記作家は主張するだろう。私たち自身や他の人びとにたいする関心は、人間精神の近年の発達の所産である。イギリスでは十八世紀まで、その好奇心は私人の生涯を書くかたちで表わされることはなかったのである。十九世紀になってやっと伝記は十分に発達し、数多く書かれるようになった。これまでに優れた伝記作家は三人——ジョンソン〔一七〇九—八四。英国の詩人・辞書編纂者・批評家。『英国詩人伝』（一七七九—八一）〕、ボズウェル〔一七四〇—九五。スコットランドの法律家。『サミュエル・ジョンソン伝』（一七九一）〕、ロッカート〔一七九四—一八五四。スコットランドの著述家。『サー・ウォルター・スコットの生涯』（一八三七—三八）〕——しかいないというのが本当なら、その理由は、伝記作家の主張によれば、伝記の歴史が短いということだ。そして、伝記という芸術が樹立され発展してからまだ日が浅い、という彼の言い訳は、教科書によってたしかに裏書きされている。その理由——つまり、散文の本を書く人間が、詩を書く人間の何百年も後に生まれ出たのはなぜか、チョーサーがヘンリー・ジェイムズに先行したのはなぜか——を探究するのは気をそそられることだが、この解決不可能な問題はそのままにしておき、伝記に傑作がない理由として彼がつぎに挙げている点に移るのがよいだろう。伝記という芸術は、すべての芸術のなかでもっとも制限されているということだ。証拠は彼の手もとにある。証拠は伝記のまさに序文——すなわち、ジョーンズの伝記作者スミスは、この機会をとらえて、書簡をお貸し下さった旧友のかたがた、また「最後に述べることになったがけっして軽んじているわけではない」未亡人ジョーンズ夫人にお礼を申し上げたい、「夫人の助けなくしては」、私は、「この伝記を書き上げることはできなかったであろう」云々——に見出されるのだ。ところで、小説家は、と伝記作家は指摘する、まえがきで「この作品中の人物はすべて

るのだ。

そこで、おそらく私たちは、あの非常にむずかしい、ふたたび解決不可能と思われる問題に手が届くところまできている。ある本を芸術作品と呼ぶことで私たちは何を意味しているのか、という問題。とにかく、伝記と小説のあいだには違いがあるのだ——両者は材料が違うという証拠が。前者は友人たちや事実の助けを得て作り上げられ、後者は、芸術家が自分にとってよいと思われる理由で従うことに決めた以外のどんな制約もなく作り上げられる。それが違いである。そして、過去において、伝記作家はそれをたんに違いではなく、非常にむごい違いと見なしてきた、と考える十分な根拠があるのだ。

未亡人と友人たちは厳しい監督者である。たとえば、非凡な才能をもつ男が品行不良で、怒りっぽく、女中の頭めがけて半長靴を投げつけるような男だとしよう。未亡人はきまってこう言うのだ、「でも、私はあの人を愛していました——子どもたちの父親ですもの。あの人の著書を愛する世間の人たちを幻滅させるなんて絶対いけませんわ。隠して下さい。触れないで下さいましな」。伝記作家は従うのだ。こういうわけで、ヴィクトリア朝の伝記の大多数は、通りを練っていく葬式の行列によって運ばれ、いまはウェストミンスター・アビーに保存されている蠟製の像のようなものだ——棺の中の死体とうわべが似ているだけのつるつるした像。

そのあと、十九世紀の終わりごろ、変化が見られた。ふたたび、はっきり分からない理由から、未亡人たちは寛大になり、世間の人びとも観察力が鋭くなった。蠟製の像はもはや確信をもたらさず、好奇心を満たさなかった。伝記作家はたしかにある程度の自由を得たのである。少なくとも彼は、死んだ男の顔に傷跡や深いしわがある、と仄めかすことはできたろう。フルード〔一八一八―九四。英国の歴史家・随筆家〕の描くカーライルは、けっしてバラ色に塗られた蠟の面ではない。フルードにつづいてサー・エドモンド・ゴス〔一八四九―一九二八。英国の文芸批評家・詩人。『父と息子』（一九〇七）〕は、自分の父親が誤りやすい人間であった、とあえて言っている。そして、今世紀の初頭、エドモンド・ゴスにつづいて、リットン・ストレイチーが登場した。

Ⅱ

リットン・ストレイチーなる人物は、伝記の歴史において非常に重要な人物なので、ここでちょっと紙面を割いて考察しなければならない。彼の三冊の有名な著書、すなわち『ヴィクトリア朝の著名人たち』（一九一八）、『ヴィクトリア女王』（一九二一）、『エリザベスとエセックス』（一九二八）は、伝記がなしうることとなしえないことの双方を示す達成度の高い作品だからである。したがって、これらは伝記は芸術であるのか、そうでないとすれば、なぜかの質問に、考えられうる多くの答えを示唆している。

リットン・ストレイチーは、幸運な時に著述家としてスタートした。彼が最初の作品を出した一九一八年は、伝記はさまざまな新しい選択の自由をそなえた、おおいに魅力的な表現形式だった。ストレイチーのような著述家、つまり、詩とか戯曲を書きたいと思っていたものの、自分の創造力について疑わしく思っている人間にとって、伝記は有望な代わりの選択を提供しているように思われた。というのは、故人について真実を語ることがようやく可能になったからである。また、ヴィクトリア時代は多くの卓越した人物を輩出したが、その多くが悪いところを糊塗すべく蠟製の像を上に張りつけられて、ひどく歪められていたからである。彼らを再創造し、あるがままの彼らを提示することは、詩人や小説家に類似する才能を要求する仕事だったが、ストレイチーが自分に欠けていると考えた創造力を要求するものではなかったのである。

やってみる価値はあった。ヴィクトリア朝の著名人たちに関するストレイチーの短い考察が引き起こした怒りと関心は、彼がマニング、フローレンス・ナイチンゲール、ゴードンおよびその他の人びとに生命を与えられることを示したのである。こういった人びとは生身で生きていたときい以来、生きていなかったのだ。彼らはもう一度さかんな論議の中心になった。ゴードンは本当に酒飲みだったのか、それとも、それはでっち上げか？　フローレンス・ナイチンゲールはメリット勲章を寝室で拝受したのだろうか、それとも、居間でか？　ヨーロッパでは戦争が猛威を振るっているというのに、ストレイチーは、こうした些細な事柄にたいする驚くべきほどの関心を大衆の中に引き起こした。怒りと笑いが入り混じった。本は版に版を重ねた。

とは言っても、これらはいくらか過度の強調と縮小版カリカチュア的なところがある、短い考察だった。二人の偉大な女王エリザベスとヴィクトリアの伝記では、はるかに野心的な課題をストレイチーは試みた。伝記は、何をなしうるかを示すこれほど絶好の機会をこれまでもったことがなかった。いまや、伝記が獲得した自由な可能性のすべてを駆使しうる作家によって試されようとしているのだから。ストレイチーは恐れを知らなかった。才気を立証してみせた。仕事のやり方を心得ていたのだ。その結果は、伝記の本質をはっきりと照らし出したのである。二冊の本を相次いで再読すれば、『ヴィクトリア女王』はすばらしい成功作であり、『エリザベスとエセックス』はそれに比べると失敗作であることを、誰一人疑う者はないからである。だが、二冊を比較すると、失敗しているのはリットン・ストレイチーではなく、伝記という芸術であるようなのだ。『ヴィクトリア女王』で彼は伝記を技術として扱っている。伝記の限界を甘受しているのだ。『エリザベスとエセックス』においては伝記を芸術として扱っている。その限界を鼻であしらっているのだ。

しかし、私たちはいかにしてこの結論に到達したのか、どんな理由がそれを裏づけているのかをつづけて問わねばなるまい。第一に、二人の女王が伝記作家にとって非常に異なる問題を提示していることは明らかである。ヴィクトリア女王については、なにもかもが知られている。彼女がしたことのすべて、考えたことのほとんどすべては、誰もが知っていることである。ヴィクトリア女王ほど綿密に実証され、正確に確実性を立証できる人物はいない。伝記作家は彼女を作り上げることはできないのである。なぜなら、どんなときでも彼の作り事を阻止するなんらかの記録が手近にあるからだ。それで、ヴィクトリアについて書く際、リットン・ストレイチーはこうした条件に服した。伝記作家の選択し物語る力を十二分に駆使したが、事実の世界を断固として越えなかったのである。陳述の一つ一つが実証され、事実の一つ一つの確実性が立証された。その結果、ボズウェルが親愛なる辞書編纂者〔サミュエル・ジョンソン〕のためになしたことを、なつかしい女王のためにたぶんなすことになろう伝記が生まれたのである。将来、リットン・ストレイチーの描いたヴィクトリア女王が、ボズウェルの描いたジョンソンがいまはジョンソン博士の決定版であるように、ヴィクトリア女王の決定版になるだろう。その他の女王伝はかすんで、姿を消すだろう。それは非凡な業績であった。それで明らかに、これを達成したあと、著者はさらに押し進めたくなったのである。ずっしりとした、本物の、触知できるヴィクトリア女王が描かれている。しかし、彼女は疑いもなく制限されている。伝記は詩の強烈さをいくらか、戯曲の刺激をいくらかそなえ、しかも、事実特有の強みも保持できないのだろうか——示唆に富む現実性、固有の創造性といったものを？

　エリザベス女王伝はこの実験に完全に没頭しているように思われる。彼女について知られていることはほとんどないのだ。彼女が生きた社会は遠く離れた時代なので、その時代の人びとの習慣、動機、そして行動さえも奇妙さと不可解さに満ちているのだ。「どんな手法によってこれらの不可解な精神やさらに不可解な肉体の中に入り込んでいけるのか？　あの風変わりな世界は、それがはっきり見えてくればくるほど、さらに遠くなっていくのだ」と、リットン・ストレイチーは冒頭の部分で言っている。だが、女王とエセックスの物語には、明らかに「悲劇的なできごと」が、なかば見え隠れしつつ、潜んでいるのだ。なにもかもが二つの世界の利点、芸術家に創り上げる自由を与えるが、彼の創造を事実で支え助けるという利点を兼備する本――たんなる伝記ではなく芸術作品でもある本――を生み出す役に立っているようだ。

それにもかかわらず、二つの利点の兼備は不可能だと分かった。事実と創作は混じり合おうとしなかったのである。エリザベスは、ヴィクトリア女王が実在の人間であったという意味では、実在の人間になりえなかった。と言って、クレオパトラやフォールスタッフが想像上の人物であるという意味で、想像上の人物にはなっていないのだ。分かっていることがほとんどなく――ストレイチーは作り上げなければならなかった。しかも、分かっているものもあることはあり――創造が阻止されたからだろう。こうして、エリザベス女王は、事実と虚構のはざまのあいまいな世界を動き、肉体をもった存在でもなければ、肉体をもたない存在でもないのだ。空虚と努力、重大局面を欠く悲劇、相まみえるものの、ぶつかり合わない二人の人物という感じがするのだ。

この診断が正しいなら、伝記そのものに問題があると言わざるをえない。伝記はいくつもの条件を課すが、それは、伝記が事実にもとづかねばならないという条件なのだ。伝記における事実とは、芸術家に加えて他の人びとによって実証されうる事実ということである。伝記作家が芸術家として事実――ほかの人は誰も実証できない事実――を創り出すなら、そして、それらを他の種類の事実と組み合わせようとするなら、両者はお互いを台無しにしてしまう。

リットン・ストレイチー自身は、『ヴィクトリア女王』においてこの条件の必要性を悟っており、それに本能的に服していたように思われる。「女王の生涯のはじめの四二年間は、多量のさまざまな確実な情報によって明らかにすることができる。アルバートの死と同時にベールに覆われて見えなくなるのだ。」アルバートの死とともにベールに覆われ、確実な情報が手に入らないとき、伝記作家は先例を追わねばならないことを彼は承知していた。「私たちは簡潔な要約風の記述に満足しなければならない」と書いている。そこで、晩年はあっさりと片づけられているのだ。しかし、エリザベスの生涯全体は、ヴィクトリアの晩年よりもずっと厚いベールの背後で生きられたものだ。それなのに、ストレイチーは、自分が認めたことを無視して、簡潔な要約風の記述ではなく、確実な情報を欠いた不可解な精神やさらに不可解な肉体について一冊の本を書き進めたのである。彼みずから弁明したところによれば、この試みは失敗に帰する運命にあった。

Ⅲ

したがって伝記作家が、自分は友人たち、手紙類、記録といったもので縛られていると不平を洩らすとき、伝記の避けがたい要素を的確に指摘しているように思われる。また、それは避けがたい制限であるように思われる。というのは、想像上の人物は、事実が一人の人間――芸術家自身――のみによって実証される自由な世界に生きているのだ。事実の信頼性は、芸術家自身の直感力の真実性にある。その直感力によって創造される世界は、他の人びとから供給される確実な情報から大半が作り上げられる世界より、もっと貴重な、もっと強烈な、もっと全体的に調和したものである。こうした相違ゆえに、二つの種類の事実は混じり合わない。触れ合えば、お互いをこわしてしまうのだ。二つの世界の一致を図れる人は誰もいないという結論になろう。どちらかを選ばねばならず、自分の選択を忠実に守らねばならないのだ。

だが、『エリザベスとエセックス』の失敗はこうした結論にいたるけれども、その失敗はすばらしい技で遂行された大胆な実験の結果であるゆえに、それ以上の発見につながるのである。リットン・ストレイチーは、生きていたとしたら、切り開いた鉱脈を疑いもなく自分で探究したであろう。実際は、彼は他の人びとが進んでいくことのできる道を指し示してくれたのである。伝記作家は事実に縛られている――その通りだ。しかし、もしそうなら、手に入るすべての事実を要求する権利がある。ジョーンズが女中の頭めがけて半長靴を投げつけたのなら、イズリントンに情婦を囲っていたなら、あるいは、一晩酒色にふけって溝の中で酔いつぶれていたのなら、伝記作家は遠慮なくそう言えなければならない――少なくとも名誉毀損の法律と人間らしい感情の許すかぎりは。

そうは言うものの、こうした事実は、科学上の事実――いったん発見されれば、永遠に不変というようなもの――とは異なるのである。それらは見解の変化に影響を受けるものであり、見解は時代が変わるにつれて変化するものである。罪と考えられていたものは、現在、心理学者たちによって獲ち取られた事実に照らされて、たぶん不幸、たぶん好奇心、たぶんいずれでもないもので、いずれにしても大して重要でない欠点と見なされている。性を強調する度合いは、現在世人に記憶されているかぎりでも変化した。その結果、人間の顔の目鼻立ちを依然としてあいまいにする多くの御用済みのものが破壊されたのである。かつての章の見出しの多く――大学生活、結婚、経歴など――は、とても恣意的かつ人為的な区別であることが分かった。主人公の生活の実際の流れは、異なったコースをとったようである。

というわけで、伝記作家は坑夫の先に立つカナリアのように、私たち他の人間の先頭に立ち、空気を吸ってみて、偽りや非現実性や古くなった慣習の存在を見破らねばならないのだ。彼の真実認識力は、生き生きと活動し、待ち受けていなければならないのだ。それからまた私たちは、あらゆる人にあらゆる角度から新聞、手紙、日記によって無数のカメラが向けられている時代に生きているのだから、伝記作家は、同一の顔の写し取りが相互に矛盾していることを認める覚悟がなければならない。人目につかない片隅に姿見を吊り下げることで、伝記はその視野を広げるだろう。しかも、こうした多様さから、伝記は大混乱ではなく、より豊かな統一を引き出すだろう。さらにまた、これまで分からなかったあまりに多くのことが分かったので、偉人の生涯だけが記録されるべきなのかという問題がいまは必然的に問われている。生きてきて、その生涯の記録を残している人なら、誰でも伝記に値いするのではなかろうか？——失敗の生涯であろうと成功の生涯であろうと、有名人であろうと無名の人であろうと。それに、何が偉大で、何が卑小なのだろう？　伝記作家は功績の基準を修正し、私たちが讃美すべき新しい英雄を掲げねばならない。

Ⅳ

以上のように、伝記はその道程の初期段階にあるにすぎない。この先、長く活発な行路がきっと開けるであろう——困難、危険、辛い仕事に満ちた行路だが。それにもかかわらず、それはまちがいなく、詩や小説とは異なる行路——より低い緊張の度合いで生きる行路だろう。その理由で、伝記作品は、芸術家が時たま達成する作品の不滅の生命を有する定めではないのだ。

その証拠はすでにあると思われる。ボズウェルの描いたジョンソン博士でさえ、シェイクスピアの描いたフォールスタッフほど長い生命を保たないだろう。ミコーバー〔ディケンズ『デイヴィッド・コパーフィールド』の登場人物〕やミス・ベイツ〔オースティン『エマ』の登場人物〕は、きっとロッカートの描くサー・ウォルター・スコットやリットン・ストレイチーの描くヴィクトリア女王よりも長い生命を保つだろう。彼らはより持続性のある材料から作られているからである。芸術家の想像力はもっとも強烈な状態のとき、事実の滅びやすいものを爆破してしまう。彼は永続性のあるものを使って作り上げるのだ。しかし、伝記作家は滅びやすいものを受け入れ、それを使って作り上げ、作品の構造そのものにそれを埋め込まねばならない。多くが滅び、わずかしか生きないだろう。ここから私たちはつぎの結論にいたるのだ。伝記作家は芸術家ではなく、職人である。彼の作品は芸術作品ではなく、どっちつかずの何ものかである、と。

だが、そのより低いレベルで、伝記作家の作品は貴重である。伝記作家が私たちのためにしてくれることにたいして感謝してもしきれるものではないのだ。私たちは想像力の張りつめた世界だけに生きることはできないからだ。想像力は疲れやすく、休息と元気回復を必要とする。しかし、疲れた想像力にとっての適切な食物は、二流の詩や小説ではなく――そうしたものは、想像力を鈍らせ、堕落させてしまう――まじめな事実、リットン・ストレイチーが示してくれたように、すぐれた伝記を作り上げる「確実な情報」である。実在の人物が、いつ、どこで暮らしていたのか。彼はどんな容姿だったのか、編上げ靴をはいていたのか、深ゴム靴だったのか、伯母たちはどんな人びとで、友人たちはどんな人びとだったのか。どのように鼻をかんだのか、誰をどのように愛したのか、死ぬときには、キリスト教徒らしく寿命を全うしたのか、あるいは……

私たちに真の事実を語ることによって、些細なことと重要なことをふるい分けることによって、私たちがあらましを感知できるように全体を形づくることによって、伝記作家は、どんな詩人や小説家よりも――第一級の詩人や小説家は別として――想像力をより強く刺激するのだ。私たちに真実性を与えてくれるあの高度な緊張を生み出す詩人や小説家はほとんどいないのだから。ところが、たいていの伝記作家は、事実を尊重する作家なら、私たちの事実の集積にもう一つを加える以上のことができるのだ。彼は、創造的な事実――想像力に富んだ事実、示唆し、産みだす事実――を与えることができるのである。これについては、また、確実な証拠がある。というのは、伝記が読み終えられて放り出されるとき、しばしば、ある場面が生き生きと焼きつき、ある人物が心の奥底に生きつづけ、私たちが詩とか小説を読むとき、以前知っていた何かを思い出したかのように、はっと気づかせるからである。

(『アトランティック・マンスリー』一九三九年四月号)

わが父レズリー・スティーヴン

父の生涯の最盛期は、子どもたちが成長期になるまでに終わっていた。川や山での彼のかずかずの業績は、子どもたちが生まれる前に達成されたものである。業績の名残りの品々は家のあちこちに置かれてあった――書斎のマントルピースの上には銀杯がのっていたし、隅の本棚には錆びたアルペンストックが立てかけてあった。そして、父は生涯の最後の日まで、すぐれた登山家や探検家のことを賞賛と羨望の入り混じった口調でよく話題にしたものだ。だが、彼自身の活躍の時期は終わっていた。それで父は、スイスの渓谷をぶらついたり、コーンウォール州の荒野をぶらぶらと横切ったりすることで満足しなければならなかったのである。

ゆったり歩くことやぶらつくことは、彼の口から出ると、他の人びとが口にした場合よりもっと大きな意味をもっていたことが、彼の友人の何人かがこうした遠出についてそれぞれに語ってくれたので、明らかになりつつある。父は朝食後、誰も連れずに、あるいは一人の同伴者と出発するのが常だった。いつも夕食の少し前に帰ってきた。徒歩旅行がうまくいったときは、大きな地図を取り出し、新しい近道を赤インクで記して祝うのだった。そして、終日荒野を歩き回っても、同伴者には一言か二言話しかけるだけだったらしい。そのころまでに、父は『十八世紀イギリス思潮史』を著してもいた。この本は彼の傑作だと言う人もいる。また『倫理学』――父がもっとも関心をもった本である――と『ヨーロッパの行楽地』――この本には「モン・ブラン山上の日没」が収録されているが、これは父に言わせれば彼の書いたものの中で最上のものということだ――も書き上げられていた。

父は依然として毎日、規律正しく、執筆していた。一度に長時間ではなかったが。ロンドンでは、家の最上階の、長窓が三つある、大きな部屋で執筆していた。低いロッキングチェアにほとんど横になるほどもたれて書いていた。書きながら、ロッキングチェアを揺りかごのように前後に傾けていた。また、書きながら、短い陶製のパイプをくゆらし、まわりに本を円の形にまき散らした。本を床にどさっと落とす音が、階下の部屋で聞こえたものである。また、しっかりした規則正しい足取りで書斎に上がっていきながら、父はよく突然、歌い出すのではなく――彼はまったく調子はずれにしか歌えなかったから――あらゆる種類の詩を、「がらくた」と彼が称していたものと記憶にしみついたミルトンやワーズワースのこの上なく崇高な詩句の双方を、奇妙なリズミカルな調子で朗誦したものだ。歩いたり階段を登ったりする動作がきっかけになって、どちらの種類の詩にせよ、まっ先に浮かんできたものか、自分の気分に適ったものを朗誦するらしかった。

しかし、子どもたちが彼のあとをついて小道をぶらついたり、彼の本を読んだりできないうちは、父は手の器用さで子どもたちを喜ばせた。鋏のあいだで紙を動かし、鼻の長い象とか、角を伸ばした鹿とか、しっぽをつけた猿を手際よく、かつ、正確に切りとってくれた。あるいは、鉛筆を手にして、次から次へと動物を描いてくれるのだった——これは、彼が本を読みながらほとんど無意識で発揮する技なので、本の見返しにはふくろうやロバがたくさん描かれていて、彼が本の余白に苛々してよく走り書きした、「おお、このまぬけ野郎！」とか「うぬぼれの強い低能め！」という文句をまるで図解しているかのようだった。こうした短いコメント——そこに、彼の評論のもっと控えめな記述の萌芽が見出される——は、彼の話し方の特徴のいくつかを思い出させる。父は、友人たちが証言しているように、ほとんど口をきかずにいることができる人だった。だが、パイプをくゆらす合間に低い声でいきなり述べる意見は、きわめて効果的だった。ときどき、ひと言で——彼のひと言には手の仕草がつきものだが——彼自身の真面目さが誘発したと思われる大げさな表現のかたまりを片づけるのだった。「ロンドンだけで未婚の女性が四千万人もいるのよ！」とレディ・リッチー〔アン・イザベラ・リッチー。一八三七—一九一九。イギリスの小説家。サッカレーの娘。レズリー・スティーヴンの最初の妻の姉にあたる〕がかつて彼に教えたことがある。「おお、アニー、アニー！」と、父はぞっとしたような、だが優しい叱責の口調で叫んだ。だがレディ・リッチーは、まるで叱責されるのが楽しいかのように、次に訪れたときは、数字をさらに積み上げるのだった。

父が子どもたちを楽しませるために語ってくれた、アルプスでの珍しい経験とか――だがね、事故というのは、愚かにもガイドの言う通りにしないときにだけ起こるのだ、と彼は説明したものだ――長い徒歩旅行についての話――あるとき徒歩旅行を終えて、暑い日にケンブリッジからロンドンへ戻るとき、「まずいことにね、自分の適量以上にかなり飲んでしまったんだよ」――は、言葉少なかったが、その光景を印象づける奇妙な力があった。口に出して言わない多くのことが、いつも彼の背後にあったのだ。それで、父はめったに逸話を語らなかったし、事実をよく記憶していなかったが、人物を描写するとき――彼は有名人も無名の人もたくさん知っていた――その人物について思っていることをふた言か三言でぴたりと伝えるのだった。それに、彼が思っていることは他の人びとが思っていることと反対であったかもしれない。父は定評をくつがえしたり、伝統的価値を無視したりする癖があって、人を面食らわせたり、時として傷つけたりしただろう。真正だと思われる感情なら、どんなものでも、彼ほど尊重した人はいなかったのだが。だが、明るい青色の眼をいきなり開き、放心しきったような状態からはっと我に返って、彼が意見を述べると、それを無視するのはむずかしかった。この癖は、彼の耳が遠くなって自分の意見が聞こえていることに気づかなくなったとき、特に迷惑なものだった。

「私はすぐうんざりする人間です」と、彼はいつもながらの正直さで書いている。大家族では避けられないことだが、誰か訪問者がお茶のときばかりか、夕食のときまで留まっていそうなとき、父は初めのうちは髪のひとふさをねじったり解いたりして、苦悩をあらわしたものだ。そのあと、なかば自分自身に向かって、なかば天の神々に向かって、だが十分聞こえるように、「なぜ彼は帰らないいんだ？　どうしてだ？」といきなり声を発するのだった。しかし、その天真爛漫さはとても魅力的なので——それに、彼はこれまた正直に、「うんざりさせる奴は健全な人びとだ」と言わなかったろうか？——うんざりさせる連中はめったに帰らなかったし、帰っても、父を許して、また訪れてくるのだった。

父の沈黙については、あまりに語られすぎているようだ。彼の寡黙さはあまりに強調されてきた。父は明晰なものの考え方が好きで、感傷的なことや感情を誇示することが嫌いだった。とは言っても、これは、日常生活において彼が冷たく、感情をあらわさず、絶えず批判的で、非難がましいということではけっしてない。反対に、強く感じ、感情を強く表現する力があることから、父は話し相手としてときどき人に不安を抱かせるところがあった。たとえば、一人のご婦人が、雨の多い夏のせいでコーンウォール旅行が台無しになってしまった、とこぼしたことがあった。だが、父は自らを民主主義者とはけっして称していなかったが、彼にとって雨は、麦がなぎ倒され、破産しかかっている可哀相な男がいることを意味した。そこで、力をこめて同情を——ご婦人にたいしてではなく——表明し、彼女に不快な気持ちを抱かせたままにしたのである。彼は農民や漁師にたいして、登山家や探検家にたいするのと同じ尊敬の念を抱いていた。それからまた、愛国主義についてはほとんど口にしなかったが、南ア戦争のあいだ——それに、すべての戦争は彼にとって忌まわしいものだった——戦場の大砲の音が聞こえる気がして寝ていても目をさましていた。また、理性と冷静な常識をそなえているにもかかわらず、子どもが夕食に遅れると、事故があって怪我をしたか、死んでしまったかだと思い込んでしまうのだった。また、銀行預金残高（非常に十分な額でなければならない、と父は言い張るのだ）に加えて、あれほどの数学の知識があったにもかかわらず、小切手にサインするときになると、一家は、彼の表現によれば、「ナイアガラを降りるようにまっしぐらに破産に向かっている」と言いつのったのである。老年になって破産法廷に呼び出されるとか、破産した文人たちがウィンブルドンの小さな家（彼はウィンブルドンにとても小さな家を所有していた）で大家族を養っているといった、父がよく描いてみせる情景は、彼が預金残高の数字などを実際より少なく言う、とぼやく連中に、誇張法なるものは、その気になれば、父の容易に手の届くところにあることを確信させただろう。

だが、この常軌を逸した気分は、それがすばやく消え失せることからも分かるように、表面的なものだった。小切手帳が閉じられる。ウィンブルドンや救貧院は忘れられる。なにかユーモアに富んだことを思い浮かべて、彼はくすくす笑う。帽子とステッキを取り上げると、犬と娘を呼んで、ケンジントン公園に大股で入っていくのだ。彼は少年のころ、この公園を歩き回ったのだが、ここで兄のフィッツジェイムズと彼は、若きヴィクトリア女王に優雅にお辞儀をしたことがある。すると、女王様も上品にお辞儀をなさったのだ。それから、サーペンタイン池をまわってハイドパークコーナーに向かう。ここで父はかつてウェリントン公〔一七六九―一八五二。ウォータールーでナポレオン一世を破った英国の将軍・政治家。首相（一八二八―三〇）〕その人に敬礼したことがあった。そのあと家に戻る。そうしたとき、父には少しも「不安を抱かせる」ようなところはなかった。とても天真爛漫で、とても信じやすかった。それに彼の沈黙は――一度などサーペンタイン池からマーブルアーチまで続いたが――不思議なことに意味深いものだった。まるでなかば声を出して、詩や哲学やこれまで知り合った人びとについて考えているかのようだったのである。

父自身はこの上なく禁欲的だった。絶えずパイプをくゆらしていたが、紙煙草はけっして喫わなかった。洋服は擦り切れて見られたものではなくなるほどまで着ていた。贅沢という悪と怠惰という罪に関しては、古風な、かなり清教徒的な見解を抱いていた。今日の親子関係の気安さは、父だったらとてもありえなかっただろう。父は家庭生活において、一定の振る舞いの基準、礼儀の基準すら、期待していた。しかし、自由ということが自分で考え、自分がしたいことをする権利という意味なら、父以上に自由を全面的に尊重し、それを主張する人はいなかった。息子たちは、陸海軍をのぞけば、なんでも好きな職業につくべきだとされていた。娘たちも、父は女性の高等教育を好まなかったものの、同じ自由を享受すべきだとされていた。あるとき、娘が煙草を喫ったことをきびしく叱ったとしても――喫煙は、彼の考えるところでは、女性にふさわしい習慣ではない――、娘は画家になってよいかと彼に訊ねさえすればよかった。すると父は、娘が自分の仕事をまじめに考えるなら、できるだけの援助をしようと約束したのである。父は画業を特に好んではいなかった。だが、約束を守ったのである。こうした自由は紙煙草何千本もの価値がある。

この点は、文学という、おそらくよりむずかしい問題に関しても同じだった。今日でさえ、十五歳の娘に、かなりの冊数の本を所蔵し、かつ不穏当な本がまったく取り除かれていない書庫を自由に使わせるのは賢明なことかと疑う両親がいるかもしれない。だが、父はそうさせてくれた。ある種の事実というのはあるがね――と、ごく短く、とても恥ずかしそうに、父はそうした事実に言及した。だが、「好きなものを読みなさい」と言い、彼の蔵書のすべて――「みすぼらしい、価値のないもの」と彼は言うのだが、数多く、多方面にわたるものであることはたしかだった――を、求めずして手にしえたのである。好きなものを好きだから読み、感心しないものに感心したふりをしないこと――それが本の読み方について彼が教えたすべてだった。できるだけ少ない語数で、できるだけ明晰に、自分の意味するところを正確に書くこと――それがものを書く方法について彼が教えたすべてだった。その他のことはすべて自分で学ばねばならないのだ。しかし、これこそ、すぐれた学識と広い経験をそなえた人間の教えである、と悟らない子どもはよっぽど子どもっぽかったにちがいない。父はけっして自分の見解を押しつけたり、自分の知識をひけらかしたりしなかったけれども。なぜなら、父の洋服の仕立屋がボンド街の自分の店の前を歩いていく父を見て言ったように、「あの紳士は、よい服をそれと知らずして身に着けている」のである。

晩年には、孤独で、耳が遠くなり、父は時として自分を文筆家として失敗した人間と呼んだものである。「何でも屋であって、秀でたものが何もない」人間だったと言うのだ。しかし、文筆家として失敗したにせよ成功したにせよ、父は友人たちの心に鮮明な印象を残した、と信じてよいだろう。メレディスは、若き日の父を「断食する修道士になった太陽神アポロン」と見なした。トマス・ハーディは何年ものち、シュレックホルン〔グロースシュレックホルン。アルプスの山の一つ。一八六一年初登頂に成功したイギリス・チームの隊長がレズリー・スティーヴンであった〕の「削ぎ落としたような荒涼たる姿」を見て、思い浮かべたのである、

切り立った峰を身体生命を賭けてよじ登った彼を、
きっと、己れ自身に似ているとなんとなく想って
　魅かれたのだろう、

古風で趣のある陰鬱さ、鋭い光、ごつごつした姿が。

だが、父がもっとも評価したであろう讃辞――というのは、父は不可知論者だったが、人間関係の価値を彼ほど深く信じた人はいないから――は、父の死後、メレディスの述べた賞賛の言葉だった。「彼は、私の知るかぎり、あなたの母上と結婚するにふさわしかった唯一の男でした。」またロウエルは、「L・Sよ、もっとも愛すべき男」と父を呼んだとき、こんなにも長い年月が経ったあとにも、彼を忘れられない存在にしている資質をもっともよく言い表わしたのである。

（一九三二）

いかに読書すべきか？

まず、タイトルの末尾に疑問符がつけられていることを強調したいと思います。この問いかけに私自身が答えられたとしても、その答えは私だけにあてはまるもので、あなたがたにはあてはまらないでしょう。たしかに、読書について他人に助言できることと言ったら、助言など求めないで、自分の本能にしたがい、自分の理性を発揮し、自分で結論に達することなのです。この点がお互いのあいだで了解されるなら、二、三の考えや示唆を遠慮なく申し述べてみましょう。あなたがたはそれによって、読書する人間が手にするもっとも大切な特質、すなわち自立心を拘束されたりはしないでしょうから。つまるところ、本についての法則などつくれるでしょうか？　ウォータールーの戦いがあったのはこれこれしかじかの日だった、というのは確かです。しかし、『ハムレット』は『リア王』よりすぐれた劇でしょうか？　誰もそんなことは言えません。一人一人が自分で決めなければならないのです。毛皮がたっぷりついたガウンを着込んでいようと、権威者を自分の書庫に入らせ、どう読むべきか、何を読むべきか、読んだ本をどう評価すべきかなどを連中に教えてもらうのは、書庫という聖域の息吹きともいうべき自由の精神を押しつぶしてしまうことです。私たちは他のいたるところで、法則や因襲に縛られています――自分の書庫にはそんなものは要りません。

しかし、自由を享受するには、平凡なことを申し上げてよいなら、自制しなければなりません。自分の力をいたずらに、わけも分からずに、浪費してはならないのです――バラの茂みの一つに水をかけるために家の半分を水びたしにするように。自分の力をまさにこの場所で、きちんと、熱心に、訓練しなければならないのです。これが、おそらく、書庫で直面する最初の困難の一つでしょう。「この場所」とはどこでしょうか？　たぶん、雑然とした一群のものしかないように見えるでしょう。詩や小説、歴史や回想録、辞書や政府報告書、等々。ありとあらゆる気質、人種、年齢の男女によって、あらゆる言葉で書かれた本が書棚で押し合いへし合いしています。外では、ロバがいななき、女たちがポンプのかたわらでぺちゃくちゃ喋り、子馬が野原を横切って駆けていきます。どこからはじめましょうか。この膨大な混沌をどうやって秩序づけ、自分が読む本からこの上なく深遠な、ゆったりとした喜びを得ることができましょうか？

本にはいくつもの種類――小説、伝記、詩など――があるので、分類して、各種類からそれが提供しうる優れたものを享受すべきだ、と言うのは簡単です。しかし、本からそれが私たちに与えられるものを得ようとする人はほとんどおりません。たいていの場合、私たちは、ぼんやりした、まとまりのない精神状態で本に向かうのです。小説に真実であることを、詩にいつわりであることを、伝記におべっかを使うことを、歴史に私たちの偏見を強めることを求めるのです。読書するときに、こうした先入観を一切もたずにいられるなら、申し分のない出発でしょう。作者に向かって命令してはなりません。作家と一体になるよう努めなさい。作家の仕事仲間そして共犯者におなりなさい。もし尻込みして、最初は差し控え、批評しようとするなら、読んだものから可能なかぎり最大の価値を得ることはできません。でも、精神をできるだけ広げるなら、冒頭の文章の言い回しやひねりから、ほとんど感知されないほど繊細な合図とヒントが、たぐいない人間の面前へとあなたを連れていってくれるでしょう。その存在に浸り、それと知り合いになりなさい。そうすれば、作者は何かさらにもっと明確なものを与えてくれているか、与えようとしていることがすぐに分かるでしょう。一つの小説の三二の章――小説の読み方を最初に考えるとして――は、一つの建物のように組み立てられ管理された何ものかを作り上げる試みなのです。しかし、言葉は煉瓦よりずっと実体のないものです。読むことは、見ることよりも時間のかかる、より複雑な過程です。たぶん、作家がしていることの諸要素を理解するもっとも早い方法は、読むことではなく、書くことなのです。言葉の危険性とむずかしさを自分で試してみることです。それでは、強く印象づけられたできごとを何か思い出してごらんなさい――通りの隅で、二人の人が話しているそばを通りすぎたことを。木は揺れ動き、電灯の光はゆらめき、話の調子は喜劇的だけど、悲劇的でもありました。全体のヴィジョン、全体の構想が、その瞬間にこめられているようでした。

でも、あなたがそれを言葉で復元しようとすると、それは無数の相容れない印象に散らばってしまうことが分かるでしょう。ある印象は抑え、ある印象は強調しなければなりません。そうやっているうちに、おそらく、感情そのものを把握していられなくなります。そこで、自分のぼやけた、まとまりのない頁から、誰か大作家——デフォー、ジェイン・オースティン、ハーディなど——の冒頭の頁に眼を移してみなさい。すると、この作家たちの熟練の技がよく分かるでしょう。それは、自分たちが別の人間——デフォー、オースティン、あるいはトマス・ハーディなど——の面前に立っているというだけではなく、別の世界に生きているということなのです。『ロビンソン・クルーソー』では、私たちは広々とした本道を重い足取りで歩きます。次々に事件が起こります。事実および事実の順序に不足はありません。ですが、戸外と冒険はデフォーにとって重要なものであろうとも、ジェイン・オースティンにとっては価値のないものです。彼女にとって重要なのは、客間、話し合う人びとであり、人びとのお喋りというたくさんの鏡で、彼らの性格を明らかにすることでした。そして、客間やそれが映し出すものに慣れ親しんだあとで、ハーディの作品に向かうなら、私たちはもう一度くるりと回転させられます。まわりには荒野が広がり、頭上には星がきらめいています。こんどは精神の別の面がさらけ出されるのです――人と交わっているときに現われる明るい面ではなく、孤独のときに浮かび上がってくる暗い面が。私たちは人間とではなく、自然および運命とかかわりをもつのです。でも、こうした三つの世界は相異なっているものの、それぞれは首尾一貫しているのです。それぞれの世界を作り上げた人は、自分のものの見方の法則を注意深く守っています。その法則は、私たちにどんなに大きな緊張を強いようと、私たちを混乱させることはけっしてないでしょう。二流の作家たちがしばしばするように、一冊の本に二つの異なる種類の現実を導入したりはしません。したがって、一人の大作家から別の大作家へ移ること――ジェイン・オースティンからハーディへ、ピーコックからトロロープへ、スコットからメレディスへといったように――は、捩じられ、根こそぎにされることでしょう。あっちへ投げられ、こんどはこっちへ投げられるのです。小説を読むのはむずかしい複雑な技です。作家――すぐれた芸術家――が与えてくれるすべてを活用しようとするなら、非常に繊細な認識力だけではなく、非常に奔放な想像力を発揮しなければなりません。

とは言っても、書棚に並ぶ雑多な本を一瞥してみれば、作家が「すぐれた芸術家」であることは、そうめったにないことが分かるでしょう。本が芸術作品であることを主張しないことのほうが、もっとしばしばあることです。たとえば、小説や詩と並び合っている自伝や伝記、偉い人たちの生涯やずっと昔に亡くなって忘れられた人びとの生涯を書いたものなどは、「芸術作品」ではないからと言って、読むのを拒否すべきでしょうか？　それとも、読んでも、違う目的で、ちがったふうに読むのでしょうか？　夕方、灯はともっていても、鎧戸はまだ下ろされず、家の各階で現に進行中の人間生活のさまざまな局面が見られる家の前にたたずむとき、時として引き起こされる好奇心を満足させるために、そもそもそれらを読むのでしょうか？　そのとき、私たちは家のなかの人びと――雑談にふける召使たち、晩餐の席についた紳士たち、パーティ用の衣服に着替えている若い娘、窓辺で編み物をする老婦人など――の生活に関して好奇心をかき立てられるのです。この人たちは誰なのか、どういうたぐいの人たちなのか、名前は、職業は、何を考え、どんなわくわくするようなことをしようとしているのか、といったふうに。

伝記や回想録はそうした問いに答え、数多くのそうした家々を照らし出してくれます。日常の仕事をこなし、骨折って働き、失敗し、成功し、食べ、憎み、愛し、そして最後に死んでいく人びとを見せてくれます。ときどき、私たちが見守るうちに、家は消え、鉄の手すりは見えなくなり、私たちは海上に乗り出します。狩りをしたり、航海したり、戦ったりします。未開人や兵士たちの中に身をおき、激しい戦闘に加わります。あるいは、このイギリスに、ロンドンに留まっていたいなら、それでも光景は変化します。通りは狭まり、家は小さく、狭苦しくなり、菱形窓付きで、悪臭がします。そうした家から詩人――ダン――は追い立てられるように去っていきました。壁が薄いので、子どもたちが泣き叫ぶと、声が壁越しに聞こえるからです。私たちは、本の頁に横たわる小道を通って、詩人のあとを追い、ツウィッケンハムのベッドフォード伯爵夫人〔一六〇七―一六一八年のあいだダンの後援者だった〕の邸宅にまいりましょう。そこは貴族たちや詩人たちが集うことで知られる場所です。それから、丘陵のふもとの大邸宅ウィルトン〔ウィルトシャーにあるペンブローク伯爵家の邸宅〕に足を向けて、シドニー〔一五五四―八六。イギリスの詩人・作家・政治家〕が『アルカディア』〔シドニーが一五八〇年ごろ妹のために書いた作品〕を妹〔一五六一―一六二一。ペンブローク伯爵夫人〕に読み聞かせているのを耳にするでしょう。そして沼地をさまよい歩き、その有名なロマンスにあらわれるアオサギを目にするでしょう。そのあとまた、別のレディ・ペンブローク、すなわちアン・クリッフォード〔一五九〇―一六七六〕とともに彼女の所領地の荒野をめざして北に向かって旅をするか、それとも都会に飛び込み、黒いベルベットのスーツを着こんだガブリエル・ハーヴェイ〔一五五〇―一六三一。イギリスの学者で、スペンサーの友人〕がスペンサー〔一五五二―九九。イギリスの詩人〕と詩について議論しているのを見て大笑いしないようにします。エリザベス朝のロンドンの光と陰が交錯する中を手探りでよろよろ歩くことほど楽しいことはないでしょう。でも、ロンドンに留まることはできません。テンプル家〔ウィリアム・テンプル（一六二八―九九）はイギリスの政治家・文筆家。妻のドロシー・オズボーンは『書簡集』で知られている〕、スウィフト家〔ジョナサン・スウィフト（一六六七―一七四五）〕、ハーレイ家〔ロバート・ハーレイ（一六六一―一七二四）。オックスフォード伯、イギリスの政治家〕、セント・ジョン家〔ヘンリー・セント・ジョン（一六七八―一七五一）。ボーリングブローク伯爵の嗣子。スウィフトやポープの友人〕が私たちを招き寄せます。この人たちの争いを解きほぐし、この人たちの性格を判断するのに、何時間も何時間もかかるでしょう。飽きたら、さらに歩きつづけると、ダイアモンドを身につけ黒い服をまとったご婦人とすれちがい、サミュエル・ジョンソンやゴールドスミスやギャリックのもとに辿りつきます。それとも、そうしたければ、イギリス海峡を渡ってヴォルテールやディドロやマダム・デファン〔一六九七—一七八〇。フランス社交界の才媛〕に会えます。それから、イギリスに戻って、レディ・ベッドフォードがかつて邸宅をかまえ、のちにポープが住んだツウィッケンハム——ある場所やある名前はなんと何度も出てくるのでしょう！——へ、ストローベリー・ヒルのウォールポールの邸へと足を運びます。でも、ウォールポールが私たちをあまりにたくさんの新しい知り合いに紹介してくれ、ベルを鳴らして訪問する家があまりにたくさんあるので、私たちがたとえばベリー姉妹の邸の入口で、一瞬ためらうのも無理はないのですが、そのとき、ほら、ごらんなさい、サッカレーがやってきます。彼はウォールポールが愛した女性の友人なのです。だから、友人から友人へ、庭から庭へ、家から家へ足を運ぶだけで、私たちはイギリス文学の一方の端からもう一方の端へ移り、目を覚ますと現在に身を置く自分自身を再び見出すわけです——今の瞬間を過ぎ去ったすべての瞬間からそのように区別することができるものなら。ですから、これが伝記や手紙の読み方の一つなのです。伝記や手紙に過去のたくさんの窓を照らし出させることができます。故人となった有名人たちのいつもの習慣を見て、私たちがとても親しく、驚かせて彼らの秘密を引き出すことができると、ときどき想像します。そしてときどき、彼らが書いた劇や詩を取り出して、著者の面前にいると読み方がちがってくるか、試してみるかもしれません。ですが、これはふたたび別の問いを引き起こします。いったいどの程度、と私たちは自問せねばなりません、本は作者の生涯によって影響を受けるのでしょうか――人間としての作家を通して作家を解釈するのはどの程度なら安全なのでしょうか？　人間としての作家が私たちの中に引き起こす共感や反感に、私たちはどの程度、抵抗あるいは譲歩すべきなのでしょうか？――言葉はあまりに敏感で、作者の性格をあまりに受け入れやすいものですから。伝記や手紙を読むとき、私たちに重くのしかかってくるのはこういう問いなのです。そこで私たちは、自分でそれに答えねばなりません。こんなにも個人的な事柄において、他人の好みのままになるほど致命的なことはないのですから。

しかし、私たちは伝記や手紙を別の目的で、すなわち、文学に光を当てるためではなく、有名人と親しくなるためではなく、自分自身の創造力を活気づけ訓練するために読むことができます。本箱の右側の窓が開いていないでしょうか？　読むのをやめて、外を見るのはなんてすばらしいことでしょう！　意識せず、関わりなく、絶えず動いている外の光景はなんと刺激的でしょう！――子馬が野原を駆けまわり、女の人が井戸で手桶に水を満たし、ロバがそりかえって、長く響く、刺すようなうめき声をあげています。どんな書庫でも、その大部分は、男たちや女たちやロバの生活のそうした束の間の瞬間の記録にほかなりません。どんな文学にも、古びていくにしたがい、山積するがらくた、すなわち、滅びてしまった口ごもるような弱々しいアクセントで語られる、忘れ去られた過ぎ去った生涯の記録があります。ですが、山積するがらくたを読む喜びに熱中してみると、投げ出され朽ち果てるがままになっていた人間生活の遺物に驚かされ、圧倒されるでしょう。一つの手紙にすぎないかもしれません――だけど、それはなんという光景を見せてくれることでしょう！　二、三の文章でしかないかもしれません――だけど、それらはなんという眺めを示唆してくれることでしょう！　時として物語全体が、とてもすばらしいユーモアとペーソスと完全さを伴って寄り集まるので、大作家が書いているのかと思われるほどです。でも、それはテート・ウィルキンソンという老俳優がジョーンズ大尉の不思議な話を思い出しているだけなのです〔テート・ウィルキンソン『彼自身の生涯の回顧録』（一七九〇）〕。アーサー・ウェルズレーに仕えていた若い少尉が、リスボンできれいな娘と恋に落ちたというだけなのです〔ヘンリー・エドワード・バンベリイの『回顧録』〕。マライア・アレン〔バーニー博士の継娘。マーティン・リシュトンと駆け落ちした〕が誰もいない客間で縫い物を手から落とし、バーニー博士の適切な助言にしたがってリシュイと駆け落ちなどしなければよかった、とため息をついているだけの話なのです。こうした話はどれも価値がありません。この上なく瑣末なことです。でも、ときどき、こうしたがらくたの山に入り込んで、膨大な過去の中に埋もれた指輪や鋏や欠けた鼻を見つけ、それらをつなぎ合わせるのは、なんと興味深いことでしょう、外では子馬が野原を駆けまわり、女が井戸で手桶に水を汲み、ロバがいなないているときに。

　でも、しまいには、がらくたを読むのに飽きてしまいます。ウィルキンソンたち、バンベリイたち、マライア・アレンたちがせいぜい提供できる不完全な真実を完全にするために必要なものを探すのに飽きてしまうのです。こういう人たちには、掌握し、照らし出すという芸術家の力が

読者カード

みすず書房の本をご購入いただき，まことにありがとうございます．

書　名

書店名

・「みすず書房図書目録」最新版をご希望の方にお送りいたします．

（希望する／希望しない）

★ご希望の方は下の「ご住所」欄も必ず記入してください．

・新刊・イベントなどをご案内する「みすず書房ニュースレター」（Eメール）をご希望の方にお送りいたします．

（配信を希望する／希望しない）

★ご希望の方は下の「Eメール」欄も必ず記入してください．

（ふりがな） お名前　　　　様	〒
ご住所　　都・道・府・県	市・郡 区
電話　　（　　　）	
Eメール	

ご記入いただいた個人情報は正当な目的のためにのみ使用いたします．

ありがとうございました．みすず書房ウェブサイト https://www.msz.co.jp では刊行書の詳細な書誌とともに，新刊，近刊，復刊，イベントなどさまざまなご案内を掲載しています．ぜひご利用ください．

郵便はがき

料金受取人払郵便

本郷局承認

5391

差出有効期間
2024年3月
31日まで

113-8790

東京都文京区
本郷2丁目20番7号

みすず書房営業部
行

通信欄

(ご意見・ご感想などお寄せください．小社ウェブサイトでご紹介させていただく場合がございます．あらかじめご了承ください．)

そなわっていません。自分の生活についてすら完全な真実を語ることができません。整然とした形であったかもしれない話をくずしてしまっているのです。事実だけがこの人たちのせいぜい提供できるもので、事実は虚構の劣悪な形態です。それで私たちは、中途半端にしか述べられていないことや大雑把な言い方とは縁を切りたくなるのです。人間の性格の微細な陰影を探し出すことは打ち止めにし、もっと抽象性に富むもの、虚構のより純粋な真実を求めたくなるのです。こうやって私たちは、細かいことは分からなくても、なにか決まってくり返される拍動に圧されて、激しく包括的なムードを創り上げるのです。このムードの自然な表現が詩なのです。ですから、いまこそ詩を読むときでしょう――私たちが詩を書けそうなときこそ。

西風よ、汝《なれ》はいつ訪れるや？
雨はしたたり落ちるものの。
ああ、いとしき人をわがかいなに抱きたし、
いま一度ベッドに横たわりて！　〔作者不詳〕

詩の衝撃はとても強烈かつ直接的なので、しばらくは詩そのものの感情以外、いかなる感情も生まれないのです。そのとき私たちはなんと底知れぬ深淵に身を浸し――いきなり水中にすっかり沈んでしまうことでしょう！　そこには摑まるものなど何もなく、私たちの飛翔を止めるもの

など何もありません。虚構が与える幻想は少しずつ及んでくるものです。その効果は準備されたものです。でも、この詩の四行を読んだとき、誰の作品かとか、ダンの家やシドニーの秘書のことを考えたりする人がいるでしょうか？　あるいは、錯綜する過去や列をなして連なる幾時代もの中に、この四行を絡ませようとする人がいるでしょうか？　詩人はつねに私たちの同時代人なのです。私たちの全身はしばしのあいだ、個人的感情のなにか激しいショックのときのように、ぎゅっと収縮するのです。そのあと、たしかに感情はしだいに大きな輪を描いて心の中に広がっていきます。かけ離れた感覚が身近に迫り、音を響かせ、コメントしはじめるのです。すると、私たちは、いくつもの反響とさまざまな反映に気づかされるでしょう。詩の強烈さは広範囲の感情を満たすのです。次の詩行、

　われ樹木のごとくうち倒れ、朽ち果てん、
　嘆きしことを心に留めるのみ　〔ボーモントとフレッチャーの合作『乙女の悲劇』一六一一年上演〕

の力強さと直截さを、つづく詩行のたゆたう抑揚と比べるだけで、

　瞬時を計るはこぼれ落ちる砂の雫、
ひと時を計る砂時計のごと。つかの間に

われら衰え、墓所におもむく。
われらそれを眺めるのみ。
快楽にふける若さは、浮かれ騒ぎの果てに、帰りて
悲しみのうちに終わる。されど人生は、
底抜け騒ぎに飽きて、砂粒の一つ一つを数え上げる、
嘆きのため息を洩らしつつ。やがて最後のひと粒が落ち、
安らぎのなかに悲運を閉じる。〔ジョン・フォード『恋人の憂愁』一六二八〕

あるいは次の一節

若かろうと老いていようと、
われらの運命、われらの存在の核心と本拠は、
そこで無限とともにあり、そこでのみ。
それは希望、滅びることのなき希望、
努力、期待、願望、
常にいまや存在せんとする何ものかと、

ともにあり　〔ウィリアム・ワーズワース『序曲』一八五〇〕

の瞑想的な静けさを、以下の詩行の完璧な尽きることのない美しさと比べるだけで、

月は天空を昇りゆき
いずこにもとまらなかった。
静かに月は昇り、
かたわらに星が一つ二つ――　〔コールリッジ『老水夫行』（一七九八）二五五―八行〕

あるいは、次の行のすばらしい幻想と比べるだけで、

森に足しげく通う者に
そぞろ歩きをつづけさせよう
林間の空き地のずっと奥で、世界が燃えさかる火から
立ち昇るひと筋の柔らかい炎は、
日陰のクロッカスと彼の眼に映る、　〔エベネザ・ジョーンズ（一八二〇―一八六〇）。「世界が燃えるとき」〕

詩人のさまざまな技――私たちを芝居を演じる者に仕立てると同時に観客にも仕立てる力、手袋

に手を入れるように人物に入り込んで、フォールスタッフやリア王になりきる力、凝縮し、拡大し、きっぱりと表明する力——を思い出すでしょう。

「比べるだけでよいのです」——こう言ったとたん、つい秘密が漏れ、読書の真の複雑さが認められます。理解力を十二分に発揮して印象を受けとめるには、最初の過程は、読書の過程の半ばでしかないのです。一冊の本を完全に楽しもうというなら、あと半分の過程を完了しなければなりません。膨大な印象に判断を下さなければならないのです。これらの流動的な形態から、かっちりとした永続的な一つの形態を作らなければならないのです。でも、直ちに、ではありません。読書の埃がおさまるのを待ちなさい。葛藤や疑問が鎮まるのを待ちなさい。歩いたり、話したり、バラのしおれた花びらを千切り取ったり、あるいは眠ったりしなさい。すると突然、私たちが意図しなくても——自然はそうやってこうした推移を取り計らうのですから——その読んだ本が立ち戻ってくるでしょう、でも、ちがった形で。それは一つのまとまりとして精神の頂点に漂い上がってくるでしょう。そして、一つのまとまりとしての本は、一つ一つの言葉の形で流れるように受け入れた本とは別物なのです。細部はいまやそれぞれの場にぴったりと納まっています。私たちはその形を初めから終わりまで目にします。納屋の形だったり、豚小屋だったり、大聖堂だったりします。そうなったとき、建物と建物を比べるように、本と本を比べることができます。しかし、この比較という作業は、私たちの態度が変わったことを意味しているのです。私たちはもはや作者の友人ではなく、作者の判定者なのです。友人としてはいくら好意的でも好意的でありすぎるということはないように、判定者としてはいくら厳しくても厳しすぎるということはありません。私たちの時間と共感を無駄に費やした本は、犯罪者ではないでしょうか？　本物ではない本、いかさまの本、大気を腐敗させ不健全なものにする本の著者は、もっとも油断できない社会の敵、汚染者、冒瀆者ではないでしょうか？　ですから、厳しい判定を下しましょう。一つ一つの本を同種の中でもっともすぐれたものと比べましょう。私たちが読んだ本は、それに下した判定によって固められたかたちで心の中にぶら下がっています——『ロビンソン・クルーソー』、『エマ』、『帰郷』といった本は。小説をこうした作品と比較しなさい——最新のつまらない小説も最上の小説によって判断される権利をもっています。詩の場合もそうです——リズムによる陶酔が醒め、言葉のすばらしさが消えたとき、想像の中のかたちが立ち戻ってくるでしょう。そうしたら、これを『リア王』や『フェードル』や『序曲』と比べなければなりません。これらの作品と比べるのでないとすれば、なんであれ同種の中で最上のもの、あるいは、最上と思われるものと比べてごらんなさい。そうすれば、新しい詩や新しい小説の新しさとは、そのもっとも皮相的な資質であり、古い本を判断してきた基準を作り直すのではなく、少し変えるだけでよいことが分かるでしょう。

したがって、読書の後半の部分、つまり判定し、比較することが、前半の部分——精神を広げ群れをなしてすばやく集まってくる無数の印象を受けとめる部分――と同じように簡単だと言うのは愚かなことでしょう。目の前に本をおかずに読みつづけること、一つのぼんやりした形を、別の形を背景に掲げてみること、そうした比較を生き生きとした啓発的なものにするため、広い分野に及ぶ本を十分に理解して読んでいること――それは至難なことです。さらに押し進み、「この本はこれこれの種類のものであるばかりか、これこれの価値がある。この点は失敗している。この点は成功している。これはまずい。あそこはうまい」と言うのは、ましてむずかしいことです。読者の義務のこの部分を果たすには、すぐれた想像力、洞察力、学識を必要としますので、一人でこうした力を十分に具えている人を思い浮かべることはできません。この上ない自信家でさえも、自分自身の中にこうしたいくつもの力の種子以上のものを見出すことは不可能でしょう。ですから、読書のこの部分を投げ出して、批評家に、毛皮つきのガウンをまとった図書館の権威者に、私たちに代わって本の絶対的価値という問題を決定してもらうほうが、賢明ではないでしょうか？　だが、それはどうしても不可能なことです！　共感することの価値を強調することはできるかもしれません。本を読んでいるときに、自分自身の主体性を不問に付そうと努めることはできるかもしれません。しかし、全面的に共感したり、自分自身を完全に埋没させることはできないことだと分かっています。私たちの内部には悪魔が住みついていて、それが「私は憎嫌いだ、好きだ」とささやくのですが、その声を黙らせることはできません。まさに私たちは憎み、愛するからこそ、詩人や小説家との関係が親密になるのですから、別の人間が入り込んでくるのは耐えられないのです。そして、たとえ結果がいやでたまらなく、私たちの判断がまちがっていようと、なおも私たちの鑑識力、体中に衝撃を送り込む知覚神経は、私たちの主たる光源なのです。私たちは感じることを通して学びます。自分自身の特異性は、抑えれば力を失ってしまいます。でも、時が経つにつれ、自分の鑑識力を訓練できましょう。それを抑制することもできましょう。私たちの鑑識力が、あらゆる種類の本――詩、小説、歴史、伝記――をたっぷり貪り読んで育ち、それから、読むことを止めて、現実の世の中の多様さや首尾一貫のなさを広く眺めていると、自分の鑑識力が少し変わりつつあるのに気づくでしょう。それは、それほど貪欲ではなく、より瞑想的になっています。あれこれの本についての判定をもたらすだけでなく、ある種の本には共通の特質があることを教えてくれるのです。さて、とそれは言うでしょう、この共通の特質をなんと呼びましょうか？　その共通の特質を引き出すために、それはきっと『リア王』を、そのあときっと『アガメムノン』を私たちに読んで聞かせるでしょう。こうやって、自分の鑑識力が導くままに、私たちは、本を分類する特質を求めて、特定の本の彼方に踏み出していくでしょう。その特質に名称を与え、そうやって私たちの認識に秩序をもたらしてくれる規則を作り上げるでしょう。そうして識別することから、より深い、より貴重な喜びを味わうでしょう。しかし、規則は、本自体に接することで絶えず破られるときにのみ生きるものですから――事実と接することなく、つまり真空に存在する規則を作ることほど容易で、うんざりすることはありません――ここでようやく、このむずかしい試みを持続するために、芸術としての文学に関して私たちを啓蒙することができる非常にすぐれた作家たちに目を向けるのがよいでしょう。コールリッジ、ドライデン、ジョンソンは、その考えぬかれた批評において、自分自身が詩人・小説家である彼らはその本性にもとづく発言において、しばしば驚くべきほど適切です。私たちの精神の霧深い深淵でのたうちまわる曖昧な考えを照らし出し、明確なかたちを与えてくれます。しかしこの人たちは、私たちが自分で読むうちに正真正銘わがものにした質問や示唆を携えていくときだけ、助けられるのです。私たちが彼らの権威のもとに入り込み、生け垣の陰の羊のように寝そべっているなら、彼らは私たちのために何もできないのです。彼らの裁定が私たち自身のものとぶつかり合い、それを打ち負かしたときにのみ、私たちは彼らの裁定を理解できるのです。

もしその通りなら、もし本を読むべきように読むことが、想像力や洞察力や判断力のこの上なくすぐれた特質を要求するものなら、あなたがたは文学がとても複雑な芸術であり、私たちは一生読みつづけても、文学批評になにか貴重な貢献をすることなどできそうにないと思うでしょう。私たちは読者でありつづけねばならないのです。批評家でもある、あのすぐれた文筆家たちに属するそれ以上の栄光をまとうことはないでしょう。それでもなお私たちには読者としての責任があり、また自分なりの重要性があります。私たちが打ち立てる基準と私たちが下す判断は、大気中にしのび入り、作家たちが仕事をしながら吸い込む空気の一部になるのです。たとえ印刷されることはないにしても、作家に働きかける或る影響が創造されるのです。そしてその影響は、学識に裏打ちされ、活動的で、個性的で、誠実なものなら、批評が余儀なく停止中の今日、すなわち、何冊もの本が射撃場での動物の行列のように、再検討を受け、批評家は弾をこめて狙い撃ちするのに一秒しか与えられず、虎とまちがえて兎を、家禽とまちがえて鷲を撃ったとしても、あるいは的をはずし、向こうの野原でのんびりと草を食んでいる牛に弾をあてたとしても、無理もないと許される今日、とても価値のあるものかもしれません。もし出版界のでたらめな鉄砲の火ぶたの背後で、作家が別種の批評——読書が好きだから、ゆっくりと、かつ仕事としてではなく、読書し、大いに共感をもって、だが、とても厳しく判断する人びとの意見——があると感じるなら、それは作家の作品の質をよくするのではないでしょうか？　もし私たちの方法で、本がより強固に、より豊かに、より変化に富むものになるなら、それは達成する価値のある目的でしょう。

　でも、どんなに望ましかろうと、ある目的を果たすために読書する人がいるでしょうか？　それ自体が楽しいから、それをおこなうという楽しみは世の中にないのでしょうか？　目的そのものである楽しみというのはないのでしょうか？　読書はそうしたものの一つではないでしょうか？　少なくとも私は時として次のようなことを夢みるのです。最後の審判の日の朝がきて、偉大な征服者、法律家、政治家たちが彼らの報い——宝冠、月桂冠、不滅の大理石に永遠に刻まれた名前など――を受けにやってくるとき、神は、私たちが脇の下に本を挾んでやってくるのをご覧になって、使徒ペテロのほうに顔を向けられ、羨望の念をいくらかこめて、こう言われるでしょう、「さて、この者たちは報いを必要としない。彼らに与えるものは何もないのだ。この者たちは本を読むのが好きだったのだから」。

（ヘイズ・コート女子学校での講演、一九二六年一月三十日。
『イェール・レヴュー』一九二六年十月）

書評について

I

　ロンドンのあるショーウィンドーには必ずと言っていいほど大勢の人が群がっている。人びとが興味をそそられているのは仕上がった製品ではなく、くたびれた衣服につぎが当てられているところなのだ。人びとはつぎ当て仕事をしている女たちをじっと見つめている。女たちはショーウィンドーの中に座って、虫に食われたズボンをつぎ当てのあとが見えないほど巧みに繕っているのだ。この見慣れた光景は、以下に述べることの例証になるだろう。詩人や劇作家や小説家は、これと同じようにショーウィンドーの中に座り、物見高い書評家たちの視線の下で仕事をしているのだ。しかし書評家たちは、通りに立って眺める人びとのように、黙って見ているだけでは満足しない。穴の大きさとか、つぎ当てをしている人の腕前についてい声高にあれこれ論評し、ショーウィンドーの中の商品のどれがいちばんお買い得か、見物人たちに助言するのだ。このエッセイの目的は書評家の仕事の有益性――作家にとっての、一般の人びとにとっての、書評家にとっての、そして文学にとっての有益性のことだが――について検討することだ。だが、「書評家」というのは詩、劇、小説など文学作品の書評家のことで、歴史、政治、経済の書物の書評家ではないことを、先ずはっきりさせておかねばならない。歴史、政治、経済の書物の書評家の仕事は別種であって、今ここで検討することはしないいくつかの理由から、その種の書評家は概して役目をしごく十分に、かつ、実にみごとに果たしているので、彼の有益性に疑いをさしはさまれることはない。では、文学作品の書評家は現在、作家にとって、一般の人びとにとって、書評家にとって、また文学にとって、なんらかの有益性があるのだろうか？　もしあるなら、どんな有益性なのだろう？　もしないなら、書評家の役目はどう変えられ、有益なものにされ得るのだろうか？　書評の歴史にざっと目を通して――現時点における書評がどんなものであるかをはっきりさせられると思うので――この込み入った複雑な問題に手をつけてみよう。

書評は新聞と同時に始まったものなので、その歴史は長くない。『ハムレット』の書評はなかったし、『失楽園』の書評もない。当時、批評はあったが、劇場で観客の口からとか、酒場や個々の仕事場で同業者の口から、といった風に、口頭で伝えられる批評であった。批評――素朴で洗練されていないものだろうが――が活字になってあらわれるのは十七世紀になってからである。たしかに、十八世紀になると、書評家とその犠牲者のわめき声や野次が鳴り響くようになった。しかし、十八世紀末になると、変化が生じ――このころ批評なるものが二つの部分に分かれたように思われる。批評家と書評家が領域を分け合ったのだ。批評家――ジョンソン博士をその代表としよう――は過去および原則を扱い、書評家は出版されたばかりの新刊本の良否を見分けるといった具合に。十九世紀が近づくにつれ、この二つの仕事はますますはっきりと分かれてきた。批評家たち――コールリッジやマシュー・アーノルド――は、ゆっくり時間をかけ、たっぷりの枚数を書いたが、大半は匿名の「無責任な」書評家たちは、費やす時間も書く枚数もそれより少なく、一般の人びとに情報を流しもすれば、書物を批評したり、その存在を宣伝したりもする何種類もの仕事をこなした。

　したがって、十九世紀の書評家は今日の書評家とほぼ似たりよったりだが、いくつかの重要な相違点がある。一つは『タイムズ紙の歴史』〔一九三八〕の著者が指摘していることだ。「書評に取り上げる書物の数は今日より少なかったが、書評は今日のものより長かった。……小説を取り上げた場合でさえ、コラム二つ以上を占めた」と十九世紀中期の書評について述べている。こうした相違点は、のちに明らかなように、とても重要である。しかし、書評がもたらすその他の影響については、少し慎重に検討する価値がある。そのとき明らかであるものの、要約しがたい影響、つまり、書評が本の売れ行きや著者の感受性に及ぼす影響のことである。書評は疑いもなく売れ行きに大きな影響を及ぼした。たとえば、サッカレーは『タイムズ紙』にのった『エズモンド』〔一八五二〕評が「この本の売れ行きを完全にストップさせた」と言っている。書評はまた、著者の感性に、売れ行きの場合よりは測りがたいが、大きな影響を与える。キーツに与えた影響はよく知られている。また、傷つきやすいテニソンに与えた影響も〔スコットランドの批評家J・G・ロッカートはキーツとテニソンを痛烈に批判した〕。テニソンは書評家の命ずるがままに詩を書き換えたばかりか、現に国外に移住しようとまで考えたのである。伝記作者の一人によれば、書評家に攻撃されたせいで絶望状態に陥り、一〇年間というもの精神状態および詩にも変化が生じたほどだった。へこたれない自信家たちも同様に影響を受けていた。「マクリーディ〔一七九三―一八七三。イギリスの俳優。シェイクスピア役者として知られた〕のような男が、なんだってこんな虫けらどものことで、いきり立ったりするんだ?」とディケンズは聞きただしている――「虫けらども」とは、日曜新聞に執筆する連中のことだ――「姿は人間、ハートは悪魔の、くず野郎」のことである。だが、虫けらどもであろうと、「連中がちっぽけな矢を放つ」と、ディケンズでさえ、あれだけの天分とすばらしい活力を具えているにもかかわらず、気にせずにはいられなかった。怒りをぐっとこらえ、「素知らぬ顔をして、連中にピーピー言わせておいて負かしてやるんだ」と固く決心せずにはいられなかったのである。

したがって、大物の詩人も大物の小説家も、それぞれ異なったやり方で、十九世紀書評家たちの力を認めているのだ。この二人の大物の詩人と小説家の背後に、傷つきやすいか強いかにせよ、おびただしい数の小物の詩人や小説家たちが控えていて、全員が同じように書評の影響をこうむっていると推測してよかろう。どういう風に影響をこうむっているかは複雑で、分析しがたい。テニソンとディケンズは二人ながら怒り、傷つき、そうした感情を抱いた自分自身を恥じもした。書評家はくず野郎だ。見下げ果てた嚙みつき方をする。ところが、嚙みつかれると、とても痛く、虚栄心は傷つき、評判は落ち、売れ行きはがた落ちする。疑いもなく十九世紀の書評家というのは侮りがたい虫けらなのだ。作者の感受性や大衆の好みに少なからぬ力をふるう。作者を傷つけたり、大衆に本を買わせたり買わせなかったりできるのだ。

Ⅱ

関係する人びとの立場を以上のように明らかにし、彼らの機能と力についてざっと述べたあと、次に問われるのは、今日も十九世紀と同じ状況であるかどうかということだ。一見したところ、なにも変わっていないように見える。批評家、書評家、作者、一般の人びととといった関係者たちは今もすべて存在するし、彼らの関係も変わっていない。批評家は書評家と区別されている。書評家の仕事は最新の文学を選り分けたり、作者を宣伝したり、大衆に情報を与えたりすることである。にもかかわらず、ある変化が認められる。それもきわめて重要な変化が。この変化は十九世紀の終わりごろに目につくようになったようだ。先に引用した『タイムズ紙の歴史』の著者の言葉に言い尽くされていよう。「……書評は以前よりは短くなり、本の出版後そう遅れずに出るようになったのである。」しかし、もう一つの傾向も見られるようになった。書評は短くなり、早く出るようになったばかりでなく、数が桁違いに増えたのだ。この三つの傾向の結果はこの上もなく重要である。まさに大変動だった。これらの三つの傾向が相まって書評の衰退をもたらしたのである。書評がより迅速に書かれ、より短くなり、より数が増えたため、関係者すべてにとって書評の価値は減少し、ついに――なんの価値もなくなった、とまで言うのは言い過ぎだろうか？　だが、考えてみよう。関係者というのは作者、読者、出版者である。この順番でまず作者に上記の傾向がどのような影響を与えたかを検討してみよう――なぜ書評は作者にとって価値がなくなってしまったのか？　話を簡潔にするため、作者にとっての書評のもっとも重要な価値は、書き手としての作者に及ぼす影響であるとしよう――書評は作者に自分の作品に関する専門家の評価を聞かせてくれ、自分が芸術家としてどのくらい失敗したか、どのくらいうまくやってのけたかを、ざっと判断させてくれるのである。こうしたことが、書評の数がやたらと増えたために、まったくと言ってよいほどできなくなってしまった。いまや作者は、十九世紀ならたぶん六つの書評を目にするところを、六〇の書評を目にするので、自分の作品にたいする「評価」など存在しないと思うのだ。くさされたかと思うと褒められ、褒められたかと思うとくさされるのだ。彼の作品については、さまざまな書評家がいるのと同じくらいの数のさまざまな評価があるのだ。

ほどなく作者は称賛も非難も度外視するようになる。どちらも役に立たない点では同じなのだ。作者は自分の評判や本の売れ行きに及ぼす影響の点だけで、書評の価値を認めるのである。

同様の理由から書評の価値は読者にとっても減じてしまった。読者が書評家に求めるのは、ある詩なり小説を買うか買わないか決められるように、その作品がよいか悪いかを教えてくれることなのだ。六〇人もの書評家がこれは傑作だ——やれ愚作だと、同時に言い立てる。完全に相容れない評価がお互いを帳消しにしているのだ。読者は判断を一時停止し、自分でその本にあたる機会を待とうとするが、すっかり忘れてしまい、七シリング六ペンス〔一九四〇年における本の標準的な価格〕を使わずにすむことは大いにあり得ることだろう。

評価がさまざまであることは出版者にも同様の影響を与える。大衆が称賛も非難ももはや信用しないことが分かっているので、出版者は双方とも並べて印刷せざるを得ない。「これこそ……百年経っても記憶に留まる詩であろう……」と言われるかと思えば、「吐き気をもよおさせるところが数カ所ある」〔『ニュー・ステイツマン』一九三九年四月号〕というわけだ。これは実例を挙げたまでだが。書評家はしごく当然なことにみずから「なぜご自分で読んでみないのか?」と付け加えているのだ。この問いかけ自体が、現時点における書評がその目的をいっさい果たしていないことを十二分に示すものだ。読者が最後には自分で判断を下さねばならないのならば、わざわざ書評を書いたり読んだり引用したりする必要があるだろうか?

Ⅲ

書評家が作者にとっても一般の人びとにとっても役立たなくなったのなら、書評家など根絶してしまうのが社会全体の義務だろう。たしかに、主として書評から成る雑誌のいくつかが最近ふるわないのは、理由は何であれ、消え去るのが書評家の運命であることを示しているように思われる。しかし、書評家が一掃される前に、現に存在する書評家——多くの部数を出す日刊や週刊の政治新聞には短い書評が今もひらひらとくっついているのだ——を吟味し、彼が今なお何をしようとしているのか、それをなし遂げるのが何故そんなにむずかしいのか、また維持されるべき何か大切な要素がないのかどうかを検討してみよう。書評家自身に彼に見てとれる問題の本質を明らかにしてもらおう。それをする資格があるのはミスタ・ハロルド・ニコルソン〔一八八六―一九六八。イギリスの批評家・伝記作家。『デイリー・エクスプレス』の文芸欄を担当〕をおいて他にいないだろう。先日〔一九三九年三月の『デイリー・テレグラフ』紙〕、ミスタ・ニコルソンは彼の眼に映った書評家の義務と困難さを取り上げていた。先ず、書評家は「批評家とはまったく別の存在であり」、「毎週書かねばならないという足かせをはめられて」いる——換言すれば、書評家はあまりにしばしば、かつ、あまりにたくさん書かねばならないと言っている。つづけて、書評家の仕事とはどんなものかを明らかにしている。「書評家は読んだ本の一冊一冊を優れた文学的価値の不変の基準に関連づけねばならないのか？　そうしなければならないとすれば、書評は延々たる泣きわめきになるだろう。図書館に本を借りにくる人びとのことだけを考えて、何を読んだらいいかを教えてやればよいのか？　そうしなければならないというなら、自分の好みのレベルを、さほど刺激的とはいえないレベルに隷属させることになるだろう。どうしたらよいのだ？」文学の不変の基準に関連づけることができないとすれば、また図書館利用者に読んでみたいものを教えること——そうするのは「知性を堕落させる」ことになろうから——もできないとすれば、できることは一つしかない。すり抜けることだ。「私は両極端のあいだをすり抜ける。書評している本の著者に向かって語りかけるのだ。彼らの作品がなぜ好きか、なぜ嫌いかを語りたいのだ。そうすれば、普通の読者はその対話からきっとなにかを得るだろう。」

これは正直な発言である。その正直さには啓発されるところがある。書評が、時間に急かされ、限られたスペースに苦しみ、その小さなスペース内で多くのさまざまな関心に応じなければならず、自分が職務を果たしていないことを気にはするものの、自分の職務は何かが分からず、ついには、すり抜けざるをえない人間によって、「不変の基準」を引き合いに出したりせずに述べられる個人的見解の表明になっていることを示している。いまや大衆は、無知ではあっても、こんな条件の下で書いている書評家の助言にもとづいて七シリング六ペンスを投資するほど愚かではない。彼らはいかに鈍くとも、そのような条件の下で毎週発見される偉大な詩人とか、偉大な小説家とか、画期的な作品といったものの存在を信じるほど馬鹿者ではないのだ。しかし、条件はこの通りであり、数年のうちにもっと厳しくなると思われる。書評家はすでに政治新聞という胍のしっぽにぶら下がってふらふらしている付け札のようなものだ。もうすぐすっかり姿を消してしまうことになろう。書評家の仕事は——多くの新聞ではすでにそうなっているが——鋏と糊を手にした（たぶん）ガター（抜き取り屋）と呼ばれる有能な職員によってなされるだろう。ガターは本の内容を短く書き表わす。（小説ならば）筋を抜き出し、（詩の場合は）数行を選び、（伝記であれば）逸話をいくつか引用するのだ。書評家に残されている仕事は——彼は鑑定家と呼ばれるようになるだろうが——これにスタンプを——可の場合は＊印を、不可の場合は†印を——つけることになるだろう。こうした報告——ガターとスタンプによる製品——は現在の一致しない、混乱したお喋りに代わって役立つだろう。これが関係者双方にとって現在の制度より役立たないと考える根拠はない。図書館利用者は、知りたいと思うこと——その本が図書館に要望して取り寄せてもらうたぐいのものか——を教えてもらえるし、出版者は、自分も大衆も信頼していない、交互に現われる称賛と非難の言葉を代わる代わる写し取るまでもなく、＊印や†印を集めることになるだろう。大衆も出版業者も時間と金を少し節約できるだろう。しかし、関係者のなかには考慮しなければならない存在が他にもある——作者と書評家だ。この両者にとって、ガター・スタンプ制度はどういう意味をもつだろうか？

まず作者を取り上げよう——彼の場合はより複雑である。というのは、作者のほうが書評家以上に複雑な生き物だからだ。作者は、書評家にさらされた二世紀ほどのあいだに、明らかに書評家を意識せざるをえなくなっている。作家の心のなかには「書評家」という名の人間が住み着いている。ディケンズにとって書評家とは、ちっぽけな矢を携えた虫けらどもだった。姿形は人間だが、ハートは悪魔のような奴だ。テニソンにとって、書評家はずっと恐ろしい存在だった。今日では虫けらどもの数も大幅に増え、何回となく噛みつくので、作家は連中の毒気に比較的反応しなくなっている――ディケンズのように書評家を激しく罵る作家はいないし、テニソンのように書評家の言いなりになる詩人もいない。それでも、書評家の牙には今なお毒が仕込まれていると思わざるをえないような爆発が、依然としていくたびか出版界に生じるのだ。だが、書評家に噛みつかれると、どこが痛むのだろう？――書評家がかき立てる感情とはどういう性質のものなのか？　複雑な問いだが、作者に簡単なテストを受けさせることで、答えらしきものが見つけられよう。傷つきやすい作者に攻撃的な書評を見せなさい。たちどころに苦痛と怒りの徴候が現われるだろう。次に、作者以外は誰もそんな罵詈雑言を読まないだろうと言ってやりなさい。五分か十分経つと、その苦痛――人前で攻撃されたとしたら一週間はつづき、苦々しい恨みを引き起こしたであろう苦痛――はすっかり消え失せてしまう。熱は下がり、どうでもよいと思うようになるのだ。このことから、傷つきやすい部分とは評判なのだと分かる。書評家の犠牲者が恐れるのは、悪口が自分にたいする他の人びとの評価に及ぼす影響なのである。彼はまた、悪口が自分の財布に及ぼす影響も恐れている。しかし、財布について案じる気持ちは、たいていの場合、評判について案じる気持ちほど発達していない。芸術家としての傷つきやすさ——自分の作品に関する自分の評価——は、書評家がそれについて褒めようとけなそうと影響を受けることはない。しかし、評判を案じる気持ちのほうは依然として強いので、ガター・スタンプ制度が現在の書評制度と比べて少しも遜色がないことを作家に納得させるには、しばらく時間がかかるだろう。自分たちには「評判」——自分たちのことを他の人びとがどう考えるかによって形成される評価の空気袋——というものがある、と作家は言うだろう、そして、この空気袋は印刷公表された自分たちの評価によってふくらんだり、ぺしゃんこになったりするのだ、と言うだろう。それでも、現在の状況の下では、作家が印刷公表された形で褒められたからとか、けなされたからといって、作家をより評価するようになったり、評価しなくなったりする人など誰もいないということを、作家すらも信じるようになるときは間近いだろう。まもなく作家にも分かってくるだろう——彼の利益——名声や金を欲する気持ち——はガター・スタンプ制度によっても、現在の書評制度によるのとなんら劣らず、その要求を満たしてもらえるだろうことを。

しかし、こうした段階に達しても、なおも作家には不平を抱く根拠があるかもしれない。書評家は評判を上げたり売れ行きを刺激したりする以外の目的を果たしてきたのだ。ミスタ・ニコルソンはそれをはっきりと指摘している。「私は彼らの作品がなぜ好きなのか、なぜ嫌いなのか、作家たちに語りたい」と。作者は、ミスタ・ニコルソンがなぜ自分の作品を好きなのか、なぜ嫌いなのか、聞かせて欲しいのだ。これは心からの願望なのだ。プライヴァシーの試練を耐え抜く願望である。ドアと窓を閉めなさい。カーテンを引きなさい。名声も高まらないし、金も溜まらないと言ってやりなさい。それでもなお作家にとっては、誠実で知的な読者が自分の作品についてどう考えるかを知ることは、まさに最大関心事なのである。

Ⅳ

ここでもう一度、書評家に話を戻そう。現時点における書評家の立場は、ミスタ・ニコルソンの歯に衣着せぬ発言や書評自体の内容が明らかにするところから判断すると、疑いなくまったく満足できないものである。書評家は大急ぎで、かつ、短く書かねばならない。彼が書評する本の大半は、書評の一字も書くに値いせず――それらを「不変の基準」に関連づけるなど無駄なことだ。書評家はさらに、マシュー・アーノルドが言っているように、状況が不都合でないにしても、現に生きている人間が現に生きている人間の作品を判断するのは不可能なことを承知している。マシュー・アーノルドによれば、歳月が、長い歳月が過ぎなければ、「自分の意見というだけではなく、情熱をこめた自分の意見」〔アーノルドの評論「詩の研究」からの引用〕を述べることなどできないのである。それなのに、書評家には一週間しか与えられていない。それに、作家は故人ではなく、現に生きている人間なのだ。現に生きている人間は敵か味方である。妻子もいよう。個性ももっているし、政治上の意見ももっていよう。書評家は自分が自由な動きができず、気が散り、偏見にとらわれていると分かっているのだ。しかし、こうしたことすべてを承知し、また、同時代にいくつもの相容れない意見が入り乱れるなかにその通りだという証拠があるにもかかわらず、書評家は、郵便局のカウンターに置かれた古い吸取紙同様、新たな印象を受け入れたり、冷静な発言をしたりできない人に向かって、次から次へと新刊本を提供しなければならないのだ。書評家は書評をしなければならない。生活しなければならないのだから。大半の書評家は教育ある階級の出身なので、その階級の水準に応じた生活をしなければならないのだ。したがって、しばしばペンを取り、たくさん書かねばならない。このおぞましさを和らげるものが一つだけあるとすれば、彼は作品がなぜ好きなのか、なぜ嫌いなのかを作家に語るのが楽しいということである。

V

書評家自身にとっての書評することのこの価値は（稼ぐ金のことは切り離してだが）、作者にとっての書評の価値でもある。したがって、問題はいかにこの価値――ミスタ・ニコルソンが対話と称するものの価値――を維持するか、いかに作家と書評家の双方を（両者の知性と財布にとって）有益なかたちで結びつけるかである。これを解決できないむずかしい問題としてはならない。医者の職業には見習うべきものがある。医学界のやり方をいくらか変えて模倣するのがよかろう——医者と書評家のあいだ、患者と作者のあいだには、多くの類似点があるのだ。だから書評家は姿を消し、自分の痕跡を一掃してしまい、医者として生き返りなさい。コンサルタント、解説者ないし解釈者といった別の名称を選ぶのがよいだろう。なにか免状を与えるとよいだろう——試験に合格するといったことではなく、著書をあらわすといったような。そして、開業の資格を具えた人のリストを発表するのだ。そうすれば、作者は自分で選んだ判定者に作品を提出するだろう。面会の日時が取り決められ、インタヴューが設定される。プライヴァシーを厳重に守り、ある程度の形式を踏み——しかし、謝礼はインタヴューがお茶の席での噂話に終わってしまわないことを保証するだけのものになろうが——医者と作家は面会するのだ。二人は取り上げた本について一時間意見を交わす。真面目に、二人だけで、話すことになろう。このプライヴァシーがまず第一に両者にとって測り知れない利点になるだろう。コンサルタントは正直かつ率直に話すことができよう。売れ行きに響く恐れも、感情を傷つける恐れも取り除かれるだろうから。プライヴァシーは、ショーウィンドー的誘惑——異彩を放つとか、恨みを晴らすといった誘惑——を減じるだろう。コンサルタントは、図書館利用者に情報を与えることも、彼らのことを念頭におくこともないし、本を読む一般人の心を捉えることも、楽しませることもない。したがって、彼は本自体に、および、なぜそれが好きか嫌いかを作者に聞かせることに集中できよう。作者もまた同様に得るところがあろう。自分が選んだ批評家と二人だけで一時間話し合うことは、現在自分に割りふられる、的はずれのことも含めた五〇〇語の批評よりはるかに価値があるだろう。自分の言い分を述べることができよう。自分の問題点を指摘することができよう。現在しばしば感じさせられているように、批評家は自分が書いてもいないことについて喋っていると、もはや感じさせられることはなかろう。さらに、他の多くの本や他国の文学を読み、したがって他の多くの基準を心得た、豊かな知識の持ち主、つまり、顔を隠した人間ではなく、生身の人間に接する利益をこうむるだろう。多くの幽霊は牙を失い、虫けらどもは人間に変わるだろう。作家の「評判」は徐々に消えるだろう。作家はそんな厄介な付属品やその気に障る結果など追っ払えるだろう――そうしたことが、プライヴァシーの保証する明々白々な利点のいくつかである。

次は財政上の問題だ――解説者という職業には書評家の職業ほどの収入があるだろうか？　どれだけの作家が、自分の作品について専門家の意見を聞きたいと思うだろう？　出版社の事務所や作家宛ての一束の郵便物の中で毎日大声で叫んでいる声が、この問いにたいする答えになっていよう。「助言をいただきたい」、「批評してください」とくり返す声だ。宣伝の目的のためではなく、切実な必要から、批評や助言を本気で求める作家の数は、こうした需要があることを十二分に証明していよう。しかし、彼らは医者の診察代なみの三ギニーを支払うつもりがあるだろうか？　一時間の話し合いが、たとえ三ギニーかかろうと、出版社の査読者にしつこく迫って現在やっとのことで手に入れる走り書きの手紙や、気もそぞろの書評家からせいぜいあてにできる五〇〇語の書評などより、もっと多くのことを教えてもらえると分かったとき——分かるのは確かだが——金のない人でさえもそれだけの投資をする価値があると思うだろう。助言を求めるのは、若い人や生活の苦しい人ばかりではない。ものを書く技はむずかしいものである。一つ一つの段階において、客観的で公平な批評家の意見は、この上なく価値のあるものだろう。詩についてキーツと一時間語り合うために、あるいは、小説の手法についてジェイン・オースティンと語り合うために、家代々のティー・ポットを質に入れない者がいようか？

VI

最後にもっとも重要であるが、もっともむずかしい問題が残っている——書評家の根絶が文学にどんな影響を及ぼすだろうか、という問題だ。ショーウィンドーを叩き割ってしまえば、遠くに鎮座する女神の健康にはよりよいのだと考える理由のいくつかは、すでに示唆してきた。作家は暗い仕事場に引きこもるだろう。彼はもはや、オックスフォード・ストリートでズボンの継ぎあてをしている人のように、ガラス窓にぴったり顔をつけて、好奇心に駆られた大勢の人びとに向かい、ひと刺しごとにコメントする書評家の群れに囲まれながら、むずかしい細かい仕事をすることはないだろう。その結果、作家の自意識は弱まり、評判はさほどではなくなるだろう。もはやあちこちで宣伝されることはなく、いま得意になったかと思うと、こんどは落ち込むということもなく、作家は仕事に身を入れることができよう。そうなれば、より優れた作品が書けるだろう。また、書評家は、いまは大衆を楽しませ自分の技を宣伝するために、ショーウィンドーのなかではねまわって収入を得ねばならないが、作品および作家の要望だけを考えればよくなるだろう。そうなれば、より優れた批評が生み出されるだろう。

しかし、もっと建設的な利点があるようだ。ガター・スタンプ制度は、文芸批評として現在まかり通っているもの――「この本がなぜ好きか、なぜ嫌いか」だけに専念する数少ない言葉――を消滅させることで、スペースを節約するだろう。たぶん、一、二カ月で四〇〇〇語か五〇〇〇語の節約になるだろう。そうなれば、編集者はこれだけのスペースを手中にして、文学への敬意を表明するばかりでなく、その敬意を実際に立証してみせるだろう。日刊や週刊の政治新聞であろうと、編集者はそのスペースを人気者や小者に費やすのではなく、署名なしの、もうけ主義ではない著述――エッセイや批評――に使えるだろう。モンテーニュのような人物が私たちのなかにいるかもしれない――現在は、週ごとに一〇〇〇語から一五〇〇語のむなしい雑文に才能を切り売りしているモンテーニュのような人物が。時間とスペースが与えられれば、彼は生き返るだろう。そして、彼とともに、すばらしい、現在はほとんど消滅している芸術形式が蘇るだろう。あるいは、批評家が私たちのなかにいるかもしれない――コールリッジやマシュー・アーノルドのような人物が。この人物は現在、ミスタ・ニコルソンが示していたように、詩や劇や小説など山積する種々雑多なものに取り組んで――来週の水曜日までに、全部を一コラム内で書評しなければならないのだ――つまらないことに自分をすり減らしているのだ。せめて一年に二回でも、四〇〇〇語書かせれば、批評家が誕生するかもしれない。そして彼と同時に、基準が、あの「不変の基準」が誕生するかもしれない――この基準は、まったく言及されなければ、不変どころか、消滅してしまうのだ。A氏の書くものがB氏のものより優れているかいないかを、私たちはみな知っているのではないか？　だが、私たちが知りたいのはそれだけだろうか？　私たちが問うべきはそれだけだろうか？

しかし、要約しよう、すなわち、あれこれ言ったあとで、推論や結論をささやかな石塚に積み上げ、誰かにぶちこわさせよう。書評は自意識を増大させ、力をそぐ、と主張される。ショーウィンドーや姿見は抑制し、制限する。討論――大胆かつ公平な討論――をそれらに取って代わらせれば、作家の広がり、深み、力は増すだろう。この変化は、結果的に一般の人びとの精神に影響を与えるだろう。彼らのお気に入りの物笑いの種、つまり作家、孔雀と猿のあの混成物は嘲笑の対象ではなくなり、それに代わって、暗い仕事場で働き、尊敬に値いしないとは言えない、無名の職人が存在するだろう。従来のものほど狭量ではなく、個人的ではない、新しい関係が生まれるかもしれない。文学にたいする新しい関心、文学への新しい敬意がそれにつづくだろう。そしてそれは、財政上の利点を別とすれば、なんという一条の光をもたらすことだろう、批評眼を具え、知的な糧に貪欲な一般の人びとが、なんという純粋な陽光を暗い仕事場にもたらすことだろう！

（一九三九年十一月二日、パンフレットとして出版）

『源氏物語』を読んで

読者の皆さんに思い出させる必要はほとんどないことだろうが、エルフリック〔九五五?—?一〇二〇。英国の大修道院長で著作家・翻訳家〕が説教集〔九九〇—一二〕を著したのは九九一年ごろで、旧約・新約聖書についての論文〔一〇〇五—一二〕はそれよりやや遅れたが、二つの著作とも、デンマークのスウェーゲン〔九六〇—一〇一四。一〇一三年に英国王となるが即位前に死亡〕を英国王の座につけた、原因不明にせよ、あの大きな動乱に先立つものである。人間を相手に戦ったかと思うと、あるときは野豚相手に、あるときは藪や沼地を相手に戦うなど、絶えず戦っていた私たちの先祖は、苦しい仕事で腫れ上がった手、危険のもとで緊張しきった精神、煙でひりひり痛む眼、い草を踏み分けて冷えきった足を抱えながら、身を入れてペンをもち、書き写し、翻訳し、記録し、あるいは、こみ上げる思いを不器用に、声を嗄らして、ありのままに歌ったのである。

夏は来ぬ
かっこうよ、高らかに歌え〔十三世紀初期の叙情詩。作者不詳〕

――こうしたものが彼らの即興の粗野な叫びである。一方、同じころ、地球の反対側で紫式部〔九七八―?一〇三一〕は部屋の中から庭を眺め、「葉のあいだに見え隠れする白い花々の半ば開いた花びらが、みずからの思いに微笑む人びとの唇にも似て」〔『夕顔』の巻〕いるのに目を留めていた。

エルフリックたちやアルフリード〔八四九―九〇一。ウェストサクソン人たちの王（八七一―九〇一）〕たちがイギリスで嗄れ声でものを言ったり咳をしたりしているあいだに、宮中に仕えるこの女性――この婦人について私たちは何も知らない。ミスタ・ウェイリーは、紫式部の六巻の小説が私たちの前に用意されるまで、一切の情報を巧みにも与えないからだ――は、絹の衣服と打袴をまとい、絵を前にし、詩句が吟詠されるのを耳にしながら座っていた。庭には花々が咲き、木々にはうぐいすが宿り、人びとはひねもす語らい、夜を通して舞う――彼女は一〇〇〇年ごろ、源氏の君の生涯とさまざまな珍しい経験を物語るべく座っていたのである〔ウェイリーは、紫式部が『源氏物語』を天皇の前で音読した、と解しているらしい〕。だが、紫式部がどういう意味にせよ年代記作者であるという印象は、急いで修正しなければならない。彼女の作品は朗読されたので、聴衆の存在が想像される。しかし、聴き手たちは明敏で、鋭敏な知性を有する、高度に洗練された男女であったにちがいない。彼らは自分たちの注意を引きつける力業や、自分たちを驚かせる破局を必要としない大人たちだった。反対に、人間の本性を熟視することに没頭していたのである。すなわち、人間は手に入らないものをいかに欲しがるか、異性と情のこもった、ねんごろな関わりをもちたいと願う強い気持ちがいかにきまって挫かれるか、醜悪なものや怪奇なものが、単純なものや正直なものにもまして、いかに人間を刺激するか、降る雪はいかに美しいか、そして、それを眺めるうちに、ひとりで味わう喜びを分かち合ってくれる誰かを常にもましていかに焦がれるか、等々。

紫式部はたしかに、芸術家にとって、特に女性の芸術家にとって、この上もなく恵まれた時期に生きていた。生活は戦争に重きをおかず、人びとの関心は政治に集中していなかったのである。この二つの力の激しい圧力から解放され、生活は、振る舞いの込み入った事柄、男性が何を話したか、女性が何をはっきりと言わなかったか、静かな表面を銀色のひれでかき乱す詩、舞いや絵を描くこと、また、人びとが我が身を完全に安全だと感じるときにのみ生まれる、あの荒れ果てた自然への愛などに主として現われていたのである。このような時代に紫式部は、大言壮語を嫌い、ユーモアと常識をそなえ、人間性の対照的なところやせんさく好きなところをとても好み、雑草と風のあいだで朽ち果てる古家、荒れ果てた風景、水が落ちる音、木槌を叩く音、金切り声を上げる野鴨、女宮さまの赤い鼻をとても好み、実際、美そして美をさらにいっそう美しくする、あの調和のなさをとても好んでいたので、自分の力のすべてをのびのびと発揮できたのだろう。

当時は、作家がありふれたものを美しく書き、人びとに向かって率直にものを言うのが自然だった時代の一つであった（どのようにして日本でそうした時代が到来し、どのように打ちくだかれてしまったのかは、ミスタ・ウェイリーが説明してくれるのを待たねばならない）。「すばらしいのはありふれたものである。途方もないものや大言壮語、意外なものや一瞬だけ印象深いものに感覚を痺れさせられるままになるなら、もっとも深遠な喜びをだまし取られてしまうだろう。」なぜなら、芸術家には二つの種類がある、と紫式部は言った。現在の好みにかなうような小品を創る芸術家と、「人びとが実際に使うものに真の美を与え、それらに伝統が定めた様式を与えようと努める」〔『箒木《ははきぎ》』の巻〕芸術家である。印象づけ、驚かすこと、「荒れ狂う海の怪物が嵐に乗って進むのを描くこと」〔同〕はなんと容易なことか、と彼女は言う――どんな玩具製造人でもそんなことはできるし、褒めちぎられもしよう。「しかし、あるがままの、ありふれた山々や川々、どこにでも見られるような家々は、真の美と調和した形をそなえており――このような光景を静かに描くこと、あるいは、世間から遠く離れて折り重なる親しみ深い生け垣のうしろにあるものや、つつましげな山の上に立つこんもりと茂った木々といったもののすべてを、構図、均衡その他にふさわしい配慮をしつつ描きだすこと――そのような仕事は最高の名人の最大限の技能を必要とし、なみの職人には数知れぬ間違いを必ず犯させるにちがいない」〔同〕。

私たちにとって紫式部の魅力のいくらかは明らかに非本質的なものである。それは次のような事実、つまり、彼女が「どこにでも見られるような家々」と言うとき、私たちはすぐさまサービトン〔ロンドンの西南西の一地区〕やアルバート記念碑〔ロンドンのケンジントン公園にあるアルバート公の記念碑〕から何千マイルも離れたところにある、何か優美な、夢のような、鶴と菊で飾られたものを眼前に思い浮かべる、という事実からくる魅力なのだ。私たちは彼女に、今日のイギリスではなしで済まさざるをえない背景と雰囲気のもつ利点を付与し、かつ付与することを楽しむのだ。とは言っても、このような誘惑に駆られて私たちが、絶妙だけれども、頽廃の気配さえない芸術、豊かな感受性にもかかわらず、生き生きとして、率直で、廃れた文明特有の誇張とか無気力の痕跡もない芸術を体裁よく見せかけ、感傷化したとしたら、彼女をとても不当に扱うことになるだろう。しかし、彼女の魅力の本質は、鶴や菊よりもずっと深いところにあるのだ。紫式部の魅力は、彼女が非常に純真に奉じていた信念——そして、天皇たちや侍女たち、彼女が吸う空気や見る花によって支えられていた（と感じられるのだが）信念——すなわち、真の芸術家は「人びとが実際に使うものに真の美を与え、それらに伝統が定めた様式を与えようと努める」という信念——にあるのだ。したがって、彼女はためったり人前を気にしたりすることなく、骨折ったり苦しんだりすることもなく、あの魅惑的な青年の物語を語りつづけるのだ。源氏の君は、「青海波《せいがいは》」〔舞楽の曲名で唐楽。舞人は二人で、青海の波模様を染めた衣装で舞う〕をそれは優雅に舞ったので、なみいる親王《みこ》や高官は声を上げて泣いたという〔『紅葉賀《もみじのが》』の巻。光源氏はこのとき十八歳〕。また、わがものにすることのできぬ女たちを愛した。その放蕩ぶりはこの上なく完璧な礼儀によって和らげられている。彼が子どもたちと戯れるさまは人びとをうっとりさせる。また、彼は、何人もの女友だちが承知していたように、歌は最後まで聞かぬうちに止むのがよい、としていた。この青年の心のさまざまな面を照らし出すために、紫式部は、彼女自身が女なので、当然のことながら他の女たちの心という媒介物を選んでいる。葵、朝顔、藤壺、紫、夕顔、末摘花、美しい女、赤鼻の女、冷たい女、情熱的な女——次々に女たちは自分たちの明るい、あるいは気まぐれな光を、中心にいる浮気な青年の上に向ける。彼は逃げ、追いかけ、笑い、悲しむが、いつも人生のあわただしさ、泡立ち、含み笑いに満ちている。

急がず、休まず、少しも衰えない創造力で、物語は次々と紫式部の筆から流れ出る。創作力というこの才能がなかったら、源氏の物語は六巻も書かれないうちに干上がってしまうと当然案じられよう。その才能があればこそ、私たちはそんな予感を抱く必要はない。自分の場につき、ミスタ・ウェイリーの美しい望遠鏡を通して、新しい星が出るのを、それが大きく明るく静かに光り輝くだろうと確信しきって見守るのだ——だが、それにもかかわらず、それは一等星ではないのだ。ちがう。紫式部はトルストイやセルバンテス、あるいは西欧のその他のすぐれた物語作家に匹敵する作家であることを身をもって示していない。西欧のすぐれた物語作家の先祖たちは、彼女が格子窓から「みずからの思いに微笑む人びとの唇にも似て」咲き開く花を眺めているあいだ、戦ったり、小屋でうずくまっていたりしていたのだが。憎悪、恐怖、あるいは、さもしさという要素、経験の根といったものが東洋の世界からは取り払われており、そのため、粗野なことはあり得ず、下品さもあり得ないが、それとともに、活気、豊かさ、成熟した人間精神もまた姿を消しているのだ。そうしたものが欠けると、金は銀色になり、ぶどう酒には水が混じるのである。紫式部とすぐれた西欧作家とのありとあらゆる比較は、彼女の完璧さと彼らの力を明らかにするだけである。だが、美しい世界だ。この静かな婦人は、行儀のよさ、洞察力、楽しさをそなえた完璧な芸術家である。この先ながく、私たちは、彼女の小さい森を頻繁に訪れ、月が上がり、雪が降るのを見つめ、野鴨が叫び、横笛や弦楽器や笙が鳴り響くのを耳にするだろう。かたや、源氏の君は人生の風変わりな味のすべてを味わい、試み、男たちがみな泣くほどみごとに舞うのだ。だが、上品さの範囲をけっして越えることなく、何かちがったもの、何かより洗練されたもの、何か与えられないものを探し求めることをけっして止めないのである。

（『ボーグ』一九二五年七月号）

病むことについて

病気がいかにありふれたものであるか、病気のもたらす精神的変化がいかに大きいか、健康の光の衰えとともに姿をあらわす未発見の国々がいかに驚くばかりか、インフルエンザにちょっとかかっただけで、なんという魂の荒涼たる広がりと砂漠が目に映るか、熱が少し上がると、なんという絶壁や色鮮やかな花々の点在する芝地が見えてくるか、病気にかかると、私たちの内部でなんと古びた、がんこな樫の木々が根こそぎになるか、歯医者で歯を一本抜かれ、ひじ掛け椅子に座ったまま浮かび上がり、「口をゆすいで下さい――ゆすいで」という医者の言葉を、天国の床から身をかがめて迎えてくれる神の歓迎の言葉と取りちがえるとき、いかに私たちが死の淵に沈み、頭上にかぶさる水で息絶える思いをし、麻酔から覚めて天使やハープ奏者たちの面前にいるとばかり思いこんでいるか――こうしたことを考えるとき――しばしば考えざるをえないのだが――病気が、愛や戦いや嫉妬とともに、文学の主要テーマの一つにならないのは、たしかに奇妙なことに思われる。小説はインフルエンザに専念できたのではないか、叙事詩はチフスに、頌は肺炎に、叙情詩は歯痛に専念できたのではないか、と思われただろう。しかし、そうではないのだ。二、三の例外をのぞいては――ド・クインシー〔一七八五―一八五九。イギリスの随筆家〕は『阿片常用者の告白』〔一八二二〕で何かその種のものを試みたし、プルーストの大作に散在する病気についての記述は一巻か二巻分はあるにちがいない――文学は、精神が関心事である、と懸命に主張するのだ。肉体は、魂がはっきりと見通すための無地ガラスであり、願望や貪欲など一つ二つの情熱をのぞいては、無価値で、取るに足らず、実在しないものだ、と。それどころか、まさにその反対が真実である。一日中、一晩中、肉体は介在し、鈍らせたり鋭くしたり、色づけたり変色したり、温暖な六月には蠟のように柔らかくなり、暗い二月にはろうそくのように固くなる。肉体内部の生き物は窓ガラス――汚れていたり、赤らんでいたりする――を通して見ることができるだけだ。それは一瞬たりとも、ナイフの鞘か豆のさやのように肉体を脱ぎ捨てることはできない。暑さや寒さ、快適さや不快さ、飢えや充足、健康や病気など果てしなくつづく変化を肉体は経験しなければならず、やがて避けられぬ大詰めがくると、肉体は粉みじんに砕け、魂は脱け出す（という）。しかし、肉体のこうした日々のドラマについては何の記録も存在しない。人びとはつねに精神の働きについて書くのだ。そこに浮かぶさまざまな考え、その崇高な計画、いかに精神が世界を文明化してきたかを。彼らは肉体を無視して、哲学者の小塔の中で精神を展示する。あるいは、征服とか発見を追い求めて、肉体を、古い皮製のフットボールのように、延々と伸びる雪や砂漠の向こうに遠く蹴飛ばすのだ。熱の襲撃やうつ病の進行と戦う寝室の孤独の中で、肉体がその奴隷である精神と交えた戦闘は、無視されるのだ。その理由はすぐ分かる。こうしたものと正面から向かい合うのは、ライオン使いの勇気、強固たる哲学、大地の内奥に根づいた理性を必要とするだろう。それらに欠けるとき、この怪物、すなわち肉体は、この不思議なもの、すなわち肉体の痛みは、私たちをすぐさま神秘主義の中に沈めるか、あるいは、超越主義の歓喜の中に羽ばたいて舞い上がらせるかだろう。インフルエンザに専念する小説はプロットに欠ける、と大衆は言うだろう。そんな小説には愛が描かれていない、と不服を申し立てるだろう——だが、まちがっている。というのは、病気はしばしば愛の仮面をつけ、愛と同様の奇妙な策略を使うからだ。病気はある人びとの顔に神々しさを添え、足音で階段がきしむのを私たちに何時間も何時間も耳をそば立てて待たせる。そして、その場にいない人間たちの顔（誓って言うが、健康なときはたいした容貌でもないのだ）に新しい意味を飾りつけるのだ。他方、精神はそれらをめぐって数知れぬ伝説とロマンスを作り上げる。健康なときには時間も割かず、興味も示さないのに。最後に、文学における病気の描写を妨げるのは、言葉の貧しさだ。英語は、ハムレットの思索やリア王の悲劇を表現できるものの、悪寒や頭痛を表現する言葉をもたない。一方だけが発達してしまったのだ。ただの女学生でさえ、恋に落ちると、シェイクスピアやキーツに自分の心を代弁してもらえる。だが、頭痛に苦しむ人間に、その痛みがどういうものか、医者に向かって述べさせてみなさい。すると、言葉はたちどころに枯渇してしまう。彼に役立つできあいの言葉はないのだ。自分で言葉を作り出さねばならない。そこで、頭痛を一方の手に持ち、ひとかたまりの純粋な音をもう一方の手に持って（世の初めにバベルの都で人びとがしたように）、双方を強く押しつけると、真新しい言葉がしまいに転がり出てくるのだ。おそらくこれは滑稽なことだろう。イギリスに生まれた人間で英語を勝手に変えようとする者などいないからだ。イギリス人にとって英語は神聖なものであり、したがって、アメリカ人――彼らの才能は、古い言葉を配列するより新しい言葉を作るほうをずっと楽しむ――が助けに来てくれて、言葉の泉を湧き出させてくれないかぎり、死滅する運命なのだ。だが、私たちが必要とするのは、もっと原初的で、もっと官能的で、もっと猥褻な新しい言語だけではなく、情熱の新しいヒエラルキーなのだ。一〇四度の熱のほうを選んで、愛は王座から退けられねばならない。嫉妬は座骨神経痛の激痛に席を譲らねばならない。不眠が悪役を演じねばならず、甘い味のついた白い液体――蛾そっくりの眼と羽毛でおおわれた肢をもつ、あの強大なプリンス、つまり、クロラールとも呼ばれる鎮静剤――が、主人公にならねばならないのだ。

だが、病人に話を戻そう。「インフルエンザにかかって寝ています」――この言葉があの大きな経験のどれだけを伝えるだろう。世界が姿を変えてしまったことを、仕事道具が遠ざかり、祝祭のざわめきが、遠い野原の向こうから聞こえてくる回転木馬のようにロマンティックになることを。友人たちが、不思議な美しさを帯びたり、ひき蛙の角張った体つきに変形したりして、変わってしまったことを。他方、人生の全風景が、はるか海上を行く船から眺めた陸地のように、遠く美しく横たわることを。そして、病人はいま意気揚々と山頂に立ち、人の助けも神の助けもまったく必要としないかと思えば、こんどは床に仰向けに寝て女中に蹴飛ばされるのに甘んじていることを――この経験は人に伝えられないし、こうした言葉にならないものが常にそうであるように、病人自身の苦しみは、友人たちの心に、彼らがかかったインフルエンザ、彼らが味わった痛みや苦しみを思い出させるだけなのだ。そうした痛みや苦しみは、昨年の二月には悲しんでもらえず、いま同情という神聖なる慰めを求めて、声高く、必死に、騒々しく、わめき立てるのだ。

　しかし、私たちは同情を得ることはできない。この上なく賢い運命の女神が、できないと言っている〔ジョン・ミルトン『キリスト生誕の朝によせる頌』、一六二九〕。もし彼女の子どもたちが、すでに悲しみを背負っているけれども、他人の苦痛を思いやって自分たち自身の苦痛にそれを加え、同情という重荷をも背負わねばならないなら、建物は建たなくなるだろう。道路は消え失せて草ぼうぼうの小道になるだろう。音楽や絵画はもう生み出されなくなるだろう。大きなため息が一つ天に向かって立ち昇るだけで、人びとは恐怖と絶望の態度を示すことしかできないだろう。しかし実情は、なにかちょっとした気晴らしがつねにあるものだ――病院の角の手回しオルガン演奏者、牢獄とか救貧院を通り過ぎた先におびき寄せようと本や細かい装身具を並べた店、哀れっぽさを訴える老いた乞食のかな釘流の文字を、長々とした惨めな苦難の物語に変えさせまいとする猫や犬のばかばかしい振る舞いなど。したがって、こうした苦痛と苦行の仮小屋が、悲しみの乾いたシンボルが、自分たちに代わって注いでくれと頼む同情という大きな努力は、別の時にと困惑げにうっちゃられるのだ。同情は今日、主として、のろまや落伍者たち、だいたいは女性たち（彼女たちには、とても奇妙なことに、時代遅れのものが無秩序や新しさと同居しているのだ）によって施される。彼らは、競争から脱落してしまったので、突飛で利益にならない脱線に費やす時間があるのだ。たとえば、C・Lはむっとする病室の暖炉のそばに座って、事実に則してもいるし想像的でもある筆致で、子ども部屋の炉格子、パンの一塊、ランプ、大道のバレルオルガン、そして子ども用エプロンやいたずらについて、単純な、たわいのない話を作り上げる。A・Rは、性急で、度量が広く、もしあなたが慰めの種に巨大なカメが欲しいと思ったり、気晴らしにテオルボ〔変型リュートの一つで、二つの糸蔵を持つ。十七世紀頃使用された〕が欲しいと思ったら、ロンドンの市場をあさりまわって、その日のうちにそれらをなんとか手に入れ、紙にくるんでくるだろう。気まぐれなK・Tは、まるで王様や女王様の宴会に出向くかのように、絹の服をまとい羽飾りをつけ、白粉をはたき口紅を塗って（これも時間がかかるのだ）、病室の暗がりの中で全身の輝きを費やし、噂話や物真似で薬瓶を鳴り響かせ、暖炉の炎を燃え上がらせる。だが、そうした愚かな振る舞いが盛んだった時代は終わった。文明は異なるゴールを目指している。そうなると、カメやテオルボにはどんな場があるのだろう？

病気には、正直に言わせていただくと（病気は偉大なる告解室なのだ）、子どもっぽい率直さがともなう。健康なときには用心深く世間体を考えて隠すようなことを口にし、ほんとうのことをうっかり言ってしまう。たとえば、同情については――そんなものはなくてよい、と言うのだ。世の中は呻き声の一つ一つに共鳴を示すようにできているとか、人間は共通の要求と恐怖で結ばれているので、一人の人間の手首がひきつると別の人間の手首がぴくっと引っ張られるとか、私たちがいまだかつてない経験をしようと、他の人びともそうした経験をしているとか、心の旅路をどんなに遠くまで辿ろうと、誰か先着の人がいるとか――こういったことはすべて幻想である。私たちは自分自身の魂について分かっていないのだし、まして他人の魂についてなど分からないのだ。人間は長々とつづく道を手に手をとって歩き通すのではない。一人一人の道には原生林が、鳥の足跡さえも見られない雪の広野が横たわっているのだ。ここを私たちは一人で歩み、だからこそその道がより好きなのだ。つねに同情され、つねに同伴され、つねに理解されたら耐えがたいだろう。しかし、健康なときには、親切なふりをしなければならないし、努力――伝達し、文明化し、分かち合い、砂漠を耕し、原住民を教育し、昼間はともに働き、夜にはともに遊ぶ努力――はくり返されねばならないのだ。病気になると、こうしたふりは止む。ベッドが必要とされるやいなや、あるいは椅子の中でいくつもの枕のあいだに深く身を沈め、もう一つの椅子の上に両足をのせ地上より一インチ高くするやいなや、私たちは正義の人びとから成る軍隊の兵たることを止める。脱走兵になるのだ。正義の人びとは戦いにのぞむべく行進する。私たちは木片れとともに流れの上を漂う。枯れ葉とともに芝生の上をあたふたと漂う。無責任で、無関心で、ここ何年来おそらく初めて、あたりを見回し、見上げ――たとえば、空を見つめることができる。

その意外な光景の第一印象は、奇妙なほど圧倒せんばかりだ。通常は、空をしばらくにせよ見つめるなど不可能だ。衆人監視の中で空を見つめる者は、通行人を妨げ、まごつかせるだろう。私たちがどうにか見られる空は、煙突や教会によって切れ切れにされ、背景として人間の役に立ち、雨天か晴天かを示し、窓々を金色に塗り上げ、枝々の間をふさいで、秋の広場で黄ばんだ葉をもじゃもじゃに乱したスズカケノキの悲哀を仕上げる空だ。いま、横になって、真上を見ると、空はこれとは非常に異なるものだと分かるので、実のところ少しぎょっとさせられるのだ。それでは、空はずっとこういう状態だったわけで、私たちがそれを知らなかったのだ！――こうしていくつものかたちを絶え間なく作り上げ、投げ落とし、こうして雲を小突きまわし、船や貨車の延々たる列のように北から南へ引っ張り、こうして絶えずベルを鳴らして光と陰のカーテンを上げては下ろし、こうして止むことなく金色の光の矢や青色の陰の実験をし、太陽にベールをかけたり取ったり、岩の塁壁を作ったり漂わせたりしているのだ――何百万馬力のエネルギーを費やすか分からない、この果てしない活動は、年がら年中、欲するがままにつづけられているのだ。この事実は、コメントを、そして実は非難を必要としているように思われる。誰か『タイムズ』紙に投書すべきではないか？　『タイムズ』紙を利用すべきである。この大がかりな映画を観客がいないのに止むことなく上映させてはならない。しかし、もう少し見つめていなさい。そうすれば、別の感情が市民的熱意のざわめきをかき消すだろう。それは神々しいほど美しく、また神々しいほど無情なのだ。莫大な資源が、人間の喜びとか人間の利益とは関わりのない何かの目的のために使われているのだ。私たち皆が、体をこわばらせて、ひれ伏したとしても、空は依然としてその青色と金色の実験をしているだろう。そのとき、たぶん、何かとても小さい、身近な、馴れ親しんだものに目をやれば、同情を見いだすだろう。バラを調べてみよう。バラが鉢の中で咲いているのを私たちはしばしば目にし、それを盛りの美と非常にしばしば結びつけてきたので、バラが、午後のあいだずっと、土の中に静かにしっかりと立っているのを忘れてしまったのだ。バラは申し分なく堂々とした冷静な態度を保っている。その花びらには無類の正義が充満している。いま、一枚の花びらがゆっくりと散る。いま、すべての花々が——肉感的な紫色の花、クリーム色の花（その蠟のような肌にはスプーンでまいたチェリー色の汁が渦を描いている）、グラジオラス、ダリア、聖職者や教会を思わせる百合、あんず色と琥珀色の堅苦しい厚紙のカラーをつけた花々、どれもがそよ風のほうに頭をそっと傾けている——すべての花々が、どっしりと重いひまわりをのぞいて、頭を傾けているのだ。ひまわりは真昼には誇らしげに太陽を認め、たぶん真夜中には月をあっさり拒絶する。花々は立っている。そして人間が友とするのはこの花々、あらゆるもののなかでもっとも静かで、もっとも自らに足りているものなのだ。人間の情熱を象徴し、人間の祝祭を飾り立て、死者の枕辺に横たわる（悲しみが分かるかのように）花々。語るもすばらしいことだが〔ウェルギリウスの叙事詩『アエネーイス』からの言葉〕、詩人たちは自然の中に宗教を見出してきた。人びとは植物から美徳を学ぶために田園に住む。植物が慰めをもたらすのは、それらが無関心だからだ。精神の雪原は人跡未踏の地だが、雲の訪れを受け、散る花びらのキスを受ける。別の世界で、ミルトンやポープのような偉大な芸術家が慰めとなってくれるのは、彼らが私たちのことを考えてくれるからではなく、彼らが忘れっぽいからであるように。

そのあいだ、アリや蜂の雄々しさをもって、空がどんなに無関心であろうと、花がどんなに無視しようと、正義の人びとの軍隊は戦場へと行進する。ミセス・ジョーンズは汽車に間に合い、ミスタ・スミスは自動車を修理する。牛は搾乳のため連れ戻される。男たちが藁で屋根を葺く。犬が吠える。ミヤマガラスが網にかかったように一群となって舞い上がり、一群となって楡の木々の上に降り立つ。生存の波が飽くことなく広がる。自然が結局まったく隠そうとしていないもの――自然は最後に征服者となるであろうこと、暑さは止むだろうこと、霜で大地がかちかちになると、私たちは野原をぶらつかなくなるだろうこと、氷が工場やエンジンの上に厚く張り、太陽が見えなくなるだろうこと――を承知しているのは、怠惰な者たちだけである。そうとしても、大地がすっかり氷でおおわれ滑りやすくなるとき、表面のいくらかの起伏、いくらかの凸凹が、古い庭園の境界を示すだろうし、そこでは、星の光の中でひるむことなく頭をもたげて、バラが咲き、クロッカスが輝くだろう。だが、生存の鉤をなおも内部に抱えながら、私たちは今なおのたくりながら進まねばならない。おとなしく凍ったかたまりになってはいられないのだ。怠惰な者たちでさえ、爪先のまわりの霜を想像しただけですばやく立ち上がり、天国、不滅といった普遍的な希望を利用しようと手足を伸ばすのだ。たしかに、人間たちは昔も今もずっと希望を抱いてきたのだから、彼らは何かを存在させたいと望んだのだろう。精神が憩うことのできる緑あふれる小島があるのだろう、たとえ足でそこを踏みしめられないにしても。人間の想像力が協力し合って何か確たる輪郭を描いていたにちがいない。だが、そうではないのだ。『モーニング・ポスト』紙を広げると、リッチフィールドの監督〔ジョン・オーガスティン・ケンプソーン。一八六四―一九四六。一九一三―三七年までリッチフィールドの監督〕が天国について語っている。教会に行く人びとが列をなして壮麗な大聖堂に入っていくのが見える。そこでは、この上なく荒涼たる日でも、雨でずぶ濡れになった野原で、ランプは燃えつづけ、鐘は鳴りつづけるだろう。そして、外では秋の木の葉がどんなに飛び回ろうと、風がどんなにため息をつこうと、心の中では希望と願いが信仰と確信に変わっていくだろう。あの人たちは澄みきった表情を浮かべているだろうか？　眼は無上の確信の光に満たされているだろうか？　その一人がビーチィ・ヘッド〔イングランド南東部イースト・サセックス州の岬。高さ一八〇メートルの絶壁〕からまっすぐに天国を目指して飛び込むだろうか？　愚か者しかそのような質問はしないだろう。少数の信者の一行は人に遅れ、だらだら進み、道に迷う。母親は疲れ果て、父親はくたびれる。天国を想い描くことはと言えば、彼らには時間がない。天国を作り上げるのは詩人の想像力に委ねなければならないのだ。詩人の助けがなければ、私たちはつまらないことしか言えない――天国にいるピープス〔一六三三―一七〇三。『日記』で知られる〕を想像し、タチジャコウソウの茂みに腰を下ろす有名人たちとの短いインタヴューをほのめかし、じきに友人たちの中で地獄にいる連中についての噂話をはじめ、あるいは、もっと悪いことには、再びこの世に戻って、幾たびも生きようとするのだ――そうするのはかまわないのだから――男になったり、女になったり、船長になったり、女官になったり、皇帝あるいは農夫の妻になったりして、すばらしい都や人里はなれた荒野に住んだり、ペリクレス〔四九五？―四二九B・C。古代ギリシアの政治家・将軍〕とかアーサー王〔五、六世紀ごろのブリテン島の伝説的王〕、カール大帝〔七四二―八一四。フランク王国の王〕とかジョージ四世〔一七六二―一八三〇。英国王（一八二〇―三〇）〕の時代に生きたりして――幼児期の私たちに付随する胚芽の生命を全うするまで、「自我」がそれを抑えるときまで、生きつづけるために。しかし、「自我」には、もし願えばそれを変えられるなら、天国の力を奪ったり、私たちを非難したりはさせまい。私たちはここでウィリアムとかアリスとして自分たちの役割を演じ、永遠にウィリアムとかアリスでありつづけるのだ。放っておかれると、私たちはこのように肉体としてあれこれ考える。自分たちに代わって想像してもらうには詩人を必要とするのだ。天国を作り上げる義務は桂冠詩人の役目に付随させるべきだろう。

たしかに、私たちが目を向けるのは詩人たちなのだ。病気のとき、私たちは散文が強いる長期戦には気が進まない。章が章の上にゆらりと乗り、一つの章が場におさまるにつれ、次の章の到来を待ちかまえねばならず、最後に構造物全体――アーチ、塔、胸壁など――が土台の上にしっかりと立つまでのあいだ、自分の全能力を十二分に使い、理性と判断力と記憶を集中させることができないのだ。『ローマ帝国衰亡史』はインフルエンザのとき読む本ではないし、『黄金の盃』〔ヘンリー・ジェイムズの作品。一九〇四〕も『ボヴァリー夫人』もそうではない。他方、責任は棚上げし理性は休止という状態のとき――病人から批評を、床についている人間からしっかりした分別を強要する者がいようか？――別種の好みが頭をもたげてくるのだ――にわかで、気まぐれで、強烈な好みが。私たちは詩人から花をもぎとる。詩を一行か二行折り取り、心の奥底で開花させるのだ。

　いくたびも日暮れどきに
夕日に輝く牧草地にそって、羊の群れを訪れぬ。
〔ミルトン『コーマス』（一六三七）〕

（雲は）ぴっしりと寄り集まって山ぞいに漂う
のろのろと吹く風に送られて。
〔シェリー「縛めをとかれたプロメテウス」（一八二〇）〕

または、ハーディの詩の一つとか、ラ・ブリュイエール〔一六四五―九六。フランスのモラリスト・諷刺家〕の文章の一つに、三巻本の小説に匹敵するだけの瞑想すべきものがある。私たちはラムの書簡を読みふけり――何人かの散文作家は詩人として読まれるべきだ――「私は時間の残忍な殺人者だ。たった今も時を少しずつ殺したがっている。だが、蛇は活力に満ちている」〔一八二九年七月二十五日付バーナード・バートン宛て〕という箇所を見つけるが、そのときの喜びを説明できる人がいようか? あるいはランボーの詩集を広げ、次の二行、

おお、季節よ、おお、城よ!
疵なき心がどこにある?
〔『地獄の季節』一八七三〕

を読むとき、その魅力を説明できる人がいるだろうか? 病んでいるとき、言葉は神秘的な性質をそなえているように思われる。私たちは、言葉の表面の意味の彼方にあるものを捉え、本能的にこれ、あれ、それと集める――音、色、ここで強勢を、あそこで休止を、といったふうに――そうしたものを、詩人は、言葉が思想に比して貧弱なのを知っているので、頁にばらまくのだ。それらは集められると、言葉でも表現できず理性でも説明できない精神状態を喚起する。不可解さは、病床にある私たちにとてつもなく大きな力を及ぼすが、それは公正な人びとが認める以上にもっともなことなのだ。健康なときは、意味が音に入り込んでくる。知性が感覚を支配するの

だ。だが、病気のときは、警察官が非番なので、私たちはマラルメとかダンの不可解な詩、ラテン語やギリシア語の成句にもぐり込む。すると、言葉は香りを放ち、風味をしたたらせるのだ。そのあと、もし私たちがついに意味を把握するなら、それは、なにか風変わりな匂いのように、口蓋と鼻孔を経て、最初に感覚的に伝わってきたせいで、より豊かなのである。言葉に不慣れな外国人は、私たちより有利な立場にある。中国人は『アントニーとクレオパトラ』の音を、私たちよりよく聞き分けられるにちがいない。

性急さも病気の特性の一つである——私たちは無法者なのだ——そして、シェイクスピアを読むとき必要なのは、性急さである。これは、私たちがシェイクスピアを読みながら、うたた寝しているということではなく、はっきり意識し、目覚めていても、彼の名声に威嚇され、うんざりさせられ、あらゆる批評家のあらゆる見解によって私たち内部のあの雷鳴のような確信を鈍らせられるということだ。この確信は、もし幻想なら、とても助けになる幻想であり、とてもすばらしい喜びであり、大作家を読む際にとても鋭い刺激である。シェイクスピアは汚されつつある。父親のような政府は彼について書くことを禁止しても当然ではなかろうか。連中は、ストラットフォードに、ものを書こうとする指が届かないようなシェイクスピアの記念碑を建てたのだから。まわりに批評ががやがやわめいていようとも、ひそかに思いきって推測し、余白に書き留めてよいのだ。だが、誰かが以前にそう言っている、いや、もっと適切な言葉で言っていることが分かると、熱意は消えてしまうのだ。病気は、王者の崇高さに包まれて、そうしたものすべてを払いのけ、シェイクスピアと自分自身のほかは何も残さないのだ。シェイクスピアの傲慢な力と私たちの傲慢な尊大さとで、障壁は崩れ、もつれは解け、頭の中は『リア王』とか『マクベス』で鳴り渡り鳴り響き、コールリッジその人の講演〔コールリッジはシェイクスピアについて何回か講演している〕でさえ遠くでネズミが鳴くのに等しい。

　だが、シェイクスピアについてはもう十分だ――オーガスタス・ヘア〔一八三四―一九〇三。英国の地誌作家〕に移ろう。病気とはいえ、この移行は是認できない、『二人の貴族夫人の生涯の物語』〔一八九三。『キャニング伯爵夫人シャーロットとウォーターフォード侯爵夫人ルイーザの記録』という副題がついている〕の作者はボズウェルに匹敵するほどではない、と言う人もいる。それで、最上の文学がないなら、私たちは最悪の文学が好きなのだと主張したら――いまわしいのは凡庸さだから――その人たちはそれも断固として斥けるだろう。それならそれでよい。法律は正常な人びとの味方だ。しかし、熱が少し上がっている人びとにとって、ヘアやウォーターフォード〔ヘンリー・ウォーターフォード。第三代ウォーターフォード侯爵〕やキャニング〔チャールズ・ジョン。キャニング伯爵。一八一二―六二年までインド総督〕の名は、温和な輝きの光を放っているのだ。たしかに、はじめの一〇〇頁ほどはそうではない。分厚い本の場合によくあるように、私たちは伯母たちや伯父たちの数の多さにもがき、沈みそうになる。雰囲気というものがあることを思い出さねばならないのだ。大家たち自身が、意外な事件にたいしてか、あるいは意外な事件の欠如にたいしてか、何であれ、そうしたものにたいして私たちに心の準備をさせるあいだ、しばしば私たちをがまんならないほど待たせることを思い出さねばならないのだ。だから、ヘアもまたゆっくりしている。魅力はいつのまにか徐々に私たちを襲う。私たちはしだいにほとんど身内の一人になる——だが、すっかりというわけではない。すべて風変わりだという感じは残るのだから——そして、スチュアート卿〔サー・チャールズ・スチュアート。ロススィのスチュアート男爵。一七七九—一八四五〕が部屋を出ていき——舞踏会の最中に——アイスランドにおられると次に耳にして——家族と同じようにがっかりするのだ。パーティはうんざりだ、と彼は言ったのだ——イギリス貴族とはこういうものだったのだ、知性との結びつきが彼らの精神の繊細な特異性を汚す前は。パーティは彼らをうんざりさせた。そこでアイスランドに行ってしまった。それから、ベックフォード〔ウィリアム・ベックフォード。一七五九—一八四四。『ヴァテック』（一七八六）の作者。自邸をゴシック・スタイルに模様替えした〕と同じく城の建築熱にとりつかれた。イギリス海峡の向こうからフランスの城を引っ張り上げ、崩れ落ちる絶壁のへりに、膨大な費用を使って尖塔や塔を建てねばならないのだ、召使用の寝室として使うために。それで女中たちは箒がソレント川を流れ下っていくのを目にする。レディ・スチュアートはとても悩んだが、我慢し、高貴な身分に生まれついた方らしく、荒廃した状態にもかかわらず常緑樹を植えはじめたのである。そのあいだに、シャーロットとルイーザの娘二人は無類の美しい娘に成長し、鉛筆を手に、いつもスケッチしたり、紗の肩かけを羽織って、ダンスをしたり、恋愛遊戯にふけったりしていた。彼女たちの姿があまりはっきりしないのはたしかだ。当時の生活は、シャーロットとルイーザの生活ではなかったから。一族の、グループの生活だったのだ。その生活はクモの巣、網といったところで、大きく広がり、あらゆる種類のいとこ、食客、年老いた従者を絡め取っていた。伯母たち――キャリドン伯母さま〔キャリドン伯爵夫人キャサリン〕、メクスバラ伯母さま〔メクスバラ伯爵夫人アン〕など、祖母たち――スチュアートお祖母さま、ハードウィクお祖母さまなど――が、いっせいに群がり、ともに喜び、悲しみ、クリスマスの晩餐を食し、老いても背筋をぴんと伸ばし、幌つき椅子に座って色紙（のようだが）から花の形を切り抜いている。シャーロットはキャニングと結婚し、インドへ渡った。ルイーザはウォーターフォード卿に嫁ぎ、アイルランドに行った。そのあと、何通もの手紙がゆっくりと進む帆船で広大な距離を渡りはじめ、文通はさらに長引き、冗長になる。ヴィクトリア朝初期の距離と閑暇は無限であるように思われる。やがて信仰は失われるが、ヘドリィ・ヴィカーズ〔ヘドリィ・シャーフト・ジョンストン・ヴィカーズ。一八二六―五五。彼の宗教的改心については、キャサリン・M・マーシュの『ヘドリィ・ヴィカーズ大尉の記録』（一八五五）に語られている〕の生涯について知ったことが信仰をよみがえらせる。伯母たちは風邪を引くが、回復する。いとこたちは結婚する。アイルランド飢饉とインド暴動〔一八五七―五九〕が生じたが、姉妹たちは、子どもたちが後から来なかったことをひどく悲しんだものの、その悲しみを口に出さず、それぞれの地に留まる。ルイーザはアイルランドに送りだされたが、ウォーターフォード卿が終日狩りに出かけるので、しばしばひとりぼっちだった。しかし、彼女は自分の任務に忠実で、貧しい人びとを訪れ、慰めの言葉をかけ（「アントニー・トンプソンが呆けたとか、記憶を失ったとかいうことですが、悲しいことですわ。でも、救い主をひたすら信じることだけは分かっているなら、十分ですわ」）、スケッチ画を描きまくった。膨大な数のノートが夕方などに描かれたペン書きの絵で一杯になった。それから、大工が彼女のために薄板を広げると、教室に飾るためのフレスコ画の下絵を描いた。寝室に生きた羊を引き入れ、狩猟監視人に毛布をまとわせ、聖家族を何枚も描いた。とうとう、あの偉大なワッツ〔一八一七―一九〇四。英国の画家・彫刻家〕が、これぞティツィアーノ〔一四七七？―一五七六。イタリア・ヴェネツィア派の画家〕に匹敵し、ラファエロにまさる、と叫んだのだ。それを聞いて、レディ・ウォーターフォードは笑い（寛大で温和なユーモアのセンスがあった）、私はただのスケッチ屋ですわ、と言った。彼女はこれまで絵の教授など受けたことがなかったのである――なんと、彼女の描いた天使の翼はけしからんことに仕上げが終わっていないままなのだ。その上、彼女の父親が建てた邸は海の中に崩れ落ちそうな状態だった。彼女はそれを支えねばならない。友人たちをもてなさねばならない。日々、ありとあらゆる種類の慈善行為をなさねばならない。やっと夫の卿が狩りから戻ってくる。すると、しばしば真夜中のことだったが、彼女はランプのもとでスケッチブックを手に夫の横に座って、スープ皿の中に半ば隠れた夫の騎士らしい顔をスケッチするのだった。卿はまた、十字軍戦士として堂々と、馬に乗って狐狩りに出かけた。彼女はいつも手を振って夫を送り出したが、もしこれが最後だったら、どうしよう、とそのたびに考えるのだった。そして、あの冬の朝、最後になったのである。馬がつまずき、卿は死んだのだ。それが告げられる前に彼女には分かった。そして、サー・ジョン・レズリーはけっして忘れられないだろう、葬儀の日、階下に駆け降りていったとき、柩が出ていくのを立って見送っている夫人の美しさを。また、彼が戻ってきたとき、カーテン――重い、ヴィクトリア中期の、たぶん絹織ビロード地のもの――が、もだえ苦しむ夫人の手で摑まれて、しわくちゃになっていたこともけっして忘れられないだろう。

(『ニュー・クライテリオン』一九二六年一月号)

なぜですか？

『リジストラタ』〔オックスフォードの学生誌。アリストファネスの劇のヒロインの名前に由来している〕の創刊号が出たとき、正直に申し上げて私はたいそう失望しました。印刷はみごとですし、紙もよいものが使われています。安定と繁栄を感じさせる仕上がりです。頁をめくっていくうちに、富がソマヴィル〔オックスフォードの女子学寮、一八七九年創設〕に舞い落ちてきたにちがいないと思われました。そこで、小文を書いて欲しいという編集者からのご要望にお断りの返事を差し上げようとしたとき、読んでみて、とてもほっとしたことには、執筆者の一人は貧弱な服を着ていることが分かり、また別の執筆者からは、女子学寮は今なお権力と威信に欠けている、と推察しました。ここで私は勇気を奮い起こしました。すると、訊いて欲しいと迫っていた一群の質問が、「好機到来」と口にしながら私の口元まで駆け上がってきたのです。

今日の多くの人びとと同様、私は質問で悩まされていると言わねばなりません。通りを歩いているときまって立ち止まって——道路の真ん中かもしれないのですが——なぜですか、と訊ねるのです。教会、パブ、議会、店、拡声器、自動車、雲の中で飛行機がたてるブーンという音、男たちと女たち、なにもかもが質問を引き起こすのです。でも、自分に問いかけてもあまり意味がないではありませんか？　質問は人前で堂々と問われるべきです。ですが、人前で質問をすることの大きな妨げは、もちろん、富です。質問の最後にくるあの小さな曲がりくねった印〔疑問符のこと〕は、裕福な人びとを身もだえさせるのです。権力と威信がありったけの重みでそれにのしかかってきます。ですから、質問は敏感で、衝動的で、しばしば愚かですから、問いかける場を注意深く選ぶ癖があります。権力、繁栄、古ぼけた石の雰囲気の中では、身が縮んでしまうのです。質問は大新聞社のオフィスの入口で数をなして死んでいきます。人びとは貧しく、したがって与えるものもなく、人びとは権力をもたず、したがって失うものもない、恵まれない、景気の悪いところにこそこそと逃げていくのです。さて、私に訊ねてくれとせっついていたいくつもの質問は、適切かどうか分かりませんが、『リジストラタ』で訊ねてもらえるだろうと決めたのです。「あそこでは質問を訊ねてもらえるとは思いませんね」と質問は言って、この上なく格式の高い日刊紙と週刊誌のいくつかを挙げました。「あそこでも訊ねてもらえそうにありませんよね」と言って、この上なく由緒ある機関のいくつかを挙げました。「だけど、ありがたい！」と連中は叫びました、「女子のカレッジというのは貧しく、歴史も浅いのではありませんか？　女子のカレッジは創意に富み、冒険心に満ちているのではありませんか？　創ろうと努めているのではありませんか、新しい——」

「フェミニズムは編集者に禁じられています」と、私は厳しい口調で言葉をさしはさみました。「フェミニズムって何ですか？」質問はいっせいに叫び声を上げ、私がすぐさま答えなかったので、新しい質問が投げかけられました。「機は熟していると思いませんか、今こそ新しい……？」しかし私は、自由に使えるのは二〇〇〇語だけなのだと思い出させて、連中を止めました。すると、連中は相談し合って、結局、自分たちのなかでもっとも単純で、もっとも従順で、もっとも明白な質問を一つ二つ提示すべきだ、という要請をもってきました。たとえば、学期のはじめに、いろいろな協会が招待状を発送し、いろいろな大学が門戸を開くとき、きまってひょいとあらわれる質問があります——なぜ講演をするのですか、なぜ講演を聞かされるのですか？

この質問をあなたがたの前に公明正大に提示するために、貴重な、とは言ってもヴィクトリア女王なら、かえすがえすも遺憾な、と言われたであろう機会の一つを描写してみましょう——その光景をはっきりと記憶していますので——そのとき、友情に敬意を表してか、たぶんフランス革命について情報を得ようと躍起になってか、講演に出席することが必要だと思われたのでした。そもそも部屋は着席するためのものでも、と言って食事するためのものでもなく、どっちつかずのものでした。壁には地図が張ってあったと思います。演壇にはテーブルがあり、かなり小さく、かなり固い、座り心地の悪い椅子が、数列並んでいたことはたしかです。椅子には男の人や女の人が間隔をおいて座っていました。まるでお互いが一緒にいるのを避けているようでした。何人かはノートをたずさえ、万年筆を軽く打ちつけていました。また、何もたず、ウシガエルのように、静かにぼんやりと天井を見つめている人もいました。大きな時計が陰気な文字盤を見せていましたが、時間になると、困り果てた顔つきの男性が大股で入ってきました。その顔からは、神経過敏さ、虚栄、あるいは、この気の滅入る、手に負えない種類の仕事のせいで、ふつうの人間性の痕跡がすっかり取りのぞかれていました。一瞬ざわざわとしました。彼は本を一冊書いていました。本を書いた人を見ることは、ちょっとのあいだ、興味を惹かれることです。誰もが彼を見つめました。彼は禿げていて、毛があまりありませんでした。口とあごがありました。要するに、本を書いてはいましたが、どうということのない人でした。彼は咳払いをし、講演をはじまったのです。ところで、人間の声はさまざまな力をもつ楽器です。魅了することも慰安することもできます。激怒することも絶望することもできます。ですが、講演するとなると、声はほぼきまって退屈させるのです。彼は分別のあることを話していました。内容には、学識、主張、道理がありました。でも、声が聞こえてくるにつれ、注意力は散漫になっていったのです。時計の文字盤は異常に青白く見えました。時計の針もなにか病気にかかっていました。痛風なのでしょうか？　腫れているのでしょうか？　動きがのろのろしているのです。冬を越したけれども、足が三本しかない蠅の痛々しい歩き方を思わせるのです。平均して何匹の蠅がイギリスの冬を越せるのでしょうか、そして、その蠅が目覚めたとき、フランス革命についての講演を聞かされていると分かったら、どう思うのでしょうか？　この質問を抱いたことが致命的になりました。つながりが切れてしまったのです――段落を一つ聞きもらしてしまいました。講演者にもう一度言ってもらおうとしても無駄です。彼は執拗な根気強さでぼそぼそと喋りつづけています。フランス革命の発端が探られつつありました――蠅がどう考えているだろうかも探られていました。ちょうど話の中で些細な事柄が二、三マイル先からやってくるのが見える退屈なあたりにさしかかりました。「はしょって下さい！」と私たちは懇願しました――無駄でした。講演者ははしょらないのです。喋りつづけていました。それから冗談を言いました。それから、窓を洗う必要があるわ、と思いました。それから、一人の女性がくしゃみをしました。それから、講演者の声が早まりました。それから、結びの言葉があって、それから――ありがたい！　講演は終わったのです。

人生にはいくらいくらの時間しかないのですから、なぜ、そのうちの一時間を講演を聞かされることで浪費するのでしょう？　印刷機が発明されてからもう何百年も経っているのですから、なぜ彼は講演を口で話す代わりに、印刷しなかったのでしょうか？　そうすれば、冬は炉端で、夏はりんごの木の下で、それを読み、考え、討論することができたでしょう。むずかしい思想は熟考できたでしょうし、主張は討論できたでしょう。厚みをもたせ、固く練ることができたでしょう。このようなくり返しや薄め――鼻やあごのこと、くしゃみをした女性や蠅の寿命などを考えがちな雑多な聴衆の注意を引きつけるために、講演はそうしたもので和らげたり楽しくしたりしなければならないのですが——は必要なかったでしょう。

講演を大学教育の欠くべからざる要素としているには、部外者には分からない、なんらかの理由があるのだろう、と私は質問に言い聞かせました。でも、なぜ——ここで別の質問が前面にと び出してきたのです——なぜ、講演が教育の方式として必要ならば、もてなしの方式としては廃止されないのでしょうか？　クロッカスが咲くころ、あるいはブナの木が赤らむころになると、イギリス、スコットランド、アイルランドのすべての大学からきまって短い手紙——秘書たちが誰それさんや何々さんに、美術とか文学、あるいは政治、あるいは道徳について、講演して下さいませんか、と必死になって懇願する手紙——がいっせいに送られます——なぜですか？

新聞が少なく、地主邸から牧師館へ注意深く貸し出されていた過去の時代には、知性を磨き、思想を伝えるそのような手をかけた方法は疑いもなく重要でした。しかし現在、私たちの家のテーブルの上に、毎日、口頭で述べるよりはるかに簡潔にいろいろな意見が述べられている記事やパンフレットがいっぱいのっているときに、なぜ、時間と気分を無駄にするばかりか、人間の激情の中でもっとも卑しいもの——虚栄心、見せびらかし、自己主張、回心させようという願望など——を駆り立てる時代遅れの慣習をつづけるのでしょうか？　なぜ、普通の人間である年長者を調子に乗せて学者ぶる人間や予言者になりすまさせるのですか？　なぜ、彼らを演壇に四〇分間むりやり立たせ、そのあいだあなたがたは彼らの髪の色や蝿の寿命について考えているのですか？　なぜ、彼らに床の上で、自然に楽しく、あなたがたに語りかけたり、あなたがたの話に耳を傾けさせたりしないのですか？　なぜ、貧困と平等にもとづく新しい形の社会を創り上げないのですか？　なぜ、あらゆる年齢の、有名な人から無名の人まで、男性と女性の双方を一緒に集め、彼らが演壇に上ったり、原稿を読み上げたり、高価な衣服を身につけたり、あるいは高価な食事をしたりしなくても、語れるようにしないのですか？　そのような社会は、教育の方式としてすら、世の中がはじまって以来ずっと読み上げられてきた、美術や文学についての講演原稿すべてに値いするのではありませんか？　なぜ、学者ぶる人間や予言者たちを撲滅してしまわないのですか？　なぜ、人間の交わりを考え出さないのですか？　なぜ、やってみないのですか？

ここで、「なぜ」という言葉に飽きたので、私は過去、現在、未来の社会について一般的な考察に少しふけろうとしました――スレイル夫人がジョンソン博士をもてなしたり、レディ・ホランドがマコーレイ卿をののしったりしている場面を想像したりして――すると、質問のあいだでたいへんな騒ぎが生じたので、私は自分が考えていることも聞こえないくらいでした。喧騒の原因はすぐに明らかになりました。私は軽率にも、また愚かにも、「文学」という言葉を使ってしまったのです。質問を刺激し、猛らせる一語があるとすれば、それは「文学」というこの言葉です。質問は、わめき叫びながら、詩、小説、批評について次々に問いを発し、一つ一つが聞いて欲しいと要求し、一つ一つが自分の質問は回答に値いする唯一のものだ、と確信しているのです。とうとう、質問が私の想像の中のレディ・ホランドやジョンソン博士をすっかり打ちこわしてしまうと、その一つが主張したのです。自分は愚かで軽率だけれど、他の連中ほどではないので、自分が問われるべきだ、と。その質問はなぜイギリス文学を大学で学ぶのか、自分でイギリス文学の本を読めるのに、というものでした。でも、私は、すでに答えられている質問をするのは馬鹿げていると言いました——イギリス文学はまちがいなく、すでに大学で教えられているのです。そのうえ、それについて議論をはじめるなら、少なくとも二〇巻の本の分量を必要とするでしょう。だけど、私たちは約七〇〇語しか残されていないのです。それでも、その質問がしつっこいので、私はそれを訊ねようと言いました。それで、私の能力の及ぶかぎり、自分の意見はなにも述べず、次のようなやりとりの一部を写し取ることで、それを紹介します。

先日、私は、出版社の原稿閲読者として生計の資をかせいでいる友人の一人を訪れました。入っていったとき、部屋は少し暗いように思われました。でも、窓は開いていましたし、天気のよい春の日でしたので、暗さは精神的なものだったにちがいありません——なにか個人的に悲しいことがあったためか、と心配しました。部屋に入ったときの彼女の第一声は、私の心配を裏づけました。「ああ、可哀相な青年！」と彼女は叫び、読んでいた原稿を、絶望の身振りで床に放り出しました。

親類の一人になにか事故でもあったの、と私は訊ねました。運転中とか登山中とかに？「エリザベス朝ソネットの発展についての三百頁の論文を事故と呼べるならね」と彼女は言いました。

「それだけのこと？」私はほっとして答えました。

「それだけですって？」と彼女は応酬しました。「かつてはこの青年は聡明だったのよ。語りかけるに値いする青年だったわ。かつてはイギリス文学に関心をもっていたのよ。今は――」彼女は、言葉が出てこないかのように、両手を投げ出しました――だけど、言葉は出てきたのです。嘆きと悪罵が洪水のように激しく溢れ出てきたので――でも、くる日もくる日も原稿を読んでいる彼女の生活がどんなに大変かを考えて、私は大目に見たのですが――言わんとすることを理解できませんでした。やっと分かったのは、イギリス文学について講演するということです――「英語を読むのを教えたいなら」、と彼女はこう言葉をはさみました、「ギリシア語を読むのを教えなさい」――イギリス文学でこうやって試験に合格することは、イギリス文学についてこうやって書くことになり、最後にはまちがいなくイギリス文学の終焉と埋葬に至る、というわけなのです。「墓は」と彼女はつづけました、「一冊の本ということになるわよ、あれについてのね」、ここで私は彼女を止め、そのような馬鹿なことを言うものではないと言い聞かせました。「それなら聞かせて欲しいわ」と両こぶしを固め、すぐ前に立って私を見張りながら、彼女は言いました。「イギリス文学の読み方を教えてもらったからって、それでよいものが書けるってわけ？　詩は、小説は、批評は、よくなったと言うの？」

自分自身の質問に答えるかのように、彼女は床の上の原稿から一節を読み上げました。「どれもこれもそっくりよ！」とうめき、物憂そうにそれを棚の上のたくさんの原稿の横に置きました。

「でも、あの人たちがどれだけのことを知らなくてはならないか、考えてみたの？」、私は説き伏せようとしました。「知る、ですって？」と彼女はくり返しました。「知る、ですって？『知る』ってどういう意味で言ってるのよ？」それは即座に答えるにはむずかしい問いだったので、私はそれを無視して言いました、「でもね、とにかく、あの人たちは生計を立てることができるようになり、他の人たちに教えられるようになるでしょうよ」。とたんに彼女は癇癪を起こし、エリザベス朝ソネットについての不幸な論文を摑むと、部屋の向こうにひゅうと飛ばしました。この訪問の残りの時間は、彼女の祖母のものだった花瓶の破片を拾い上げるうちに過ぎてしまいました。

いま、もちろん、たくさんのほかの質問が問われたいとわめき立てています。教会、議会、パブ、店、拡声器、男たちや女たちについて。ですが、ありがたいことに時間が切れました。静かになりました。

（『リジストラタ』一九三四）

女性にとっての職業

幹事の方が私をお招き下さったとき、こちらの協会は女性の雇用に関心をもたれていると教えて下さって、私自身の職業上の経験をなにか話してはと示唆して下さいました。たしかに私は女性です。たしかに仕事をもっています。でも、私にどんな職業上の経験があるでしょうか？　どう言ったらよいでしょう。私の職業は文学ですが、この職業では、俳優業は例外として、女性の経験は他のいかなる職業の場合よりずっと少ないのです――女性特有の経験はずっと少ないという意味ですが。というのは、文学への道はかなり以前に切りひらかれました――ファニー・バーニー〔一七五二―一八四〇。小説家、日記作者〕、アフラ・ベーン〔一六四〇―八九。女性劇作家・小説家〕、ハリエット・マーティーノー〔一八〇二―七六。女性ジャーナリスト〕、ジェイン・オースティン、ジョージ・エリオットによって切りひらかれたのです――多くの有名な女性たちやさらに多くの無名の忘れ去られた女性たちが私より前に存在し、道をならし、私の歩調を整えたのです。したがって、私がものを書くようになったとき、邪魔になる障害物はほとんどありませんでした。ものを書くことは、立派な害のない職業だったのです。ペンを走らせる音で家庭の平和が破られることはありませんでした。家計用の財布から金の支出が要求されることはありませんでした。一〇シリング六ペンスあれば、シェイクスピアの全戯曲を書けるだけの原稿用紙を買うことができるのです——そうしたいならば。ピアノやモデル、パリやウィーンやベルリン、男の先生や女の先生といったものは、作家には必要とされません。原稿用紙が廉価であることが、もちろん、女性が他の職業でものになる以前に作家として成功した理由なのです。

さて、私についてお話しすると——簡単な話なのです。あなた方は、寝室でペンを手にしている一人の娘を頭に浮かべさえすればよいのです。娘はそのペンを左から右へ——一〇時から一時まで——動かしさえすればよいのです。やがて娘は、つまるところ簡単でお金のかからないことをしようと思いつきました——書き上げた原稿の何枚かを封筒に入れ、端に一ペニー切手を貼り、それを角の赤い郵便ポストに投函することです。こうして私は寄稿家になったのでした。そして、翌月の一日に——私にとってすばらしい日でした——一ポンド一〇シリング六ペンスの小切手の入った手紙が編集者から届き、私の努力は報われたのです。しかし、私が職業婦人と呼ばれるにはまったく値いしないことを、また、職業婦人の生活の苦闘と困難をほとんどなにも知らないことを、あなた方に分かっていただくために、私がそのお金を食料、家賃、靴やストッキング、あるいは肉屋の請求書などにあてず、出かけて一匹の猫を買ったことを告白しなければなりません——美しい猫、ペルシャ猫でした。この猫のおかげで、私はすぐさま近隣の人びとと激しく口論する羽目に陥ったのですが。

評論を書いて、その収入でペルシャ猫を買うほど容易なことがあるでしょうか？　でも、ちょっと待って下さい。評論というのは、なにかに関するものでなければなりません。私の評論は、ある著名な男性の書いた小説についてだったと記憶しています。この書評を書いているとき、もし書評をしようとするなら、ある幻と戦わなければならないことが分かりました。その幻は女性ですが、私は彼女をよく知るようになると、有名な詩のヒロインにちなんで家庭の天使〔コヴェントリー・パットトモアの同題の長編詩（一八五四―六三）に由来するもので、家庭という神殿を司る天使のごとき女性という意味〕と名づけました。彼女は、私が書評を書いているとき、私と原稿用紙の間によく介入してきました。私を悩ませ、私の時間を無駄にし、とても私を苦しめましたので、とうとう彼女を殺してしまいました。あなた方は、私より若く幸せな世代ですので、家庭の天使の名を聞いたことがないかもしれません——家庭の天使という言葉で私がなにを意味しているのか、お分かりにならないかもしれません。できるだけ手短に、説明いたしましょう。家庭の天使はとても同情深いのです。とても魅力的です。自己中心的なところが少しもありません。家庭生活を営む上での難しい技《わざ》に熟達しています。日々、自己犠牲をいといません。鶏肉といえば足の部分をとり、隙間風が入れば風の入る場所に座ります——要するに、自分自身の意見とか願望をもたず、いつも他の人びとの意見や願望にそって考えようとする性質なのです。とりわけ——言うまでもないことですが——家庭の天使は清らかです。清らかさこそ、彼女の主たる美しさであるとされ——頬を染めるさまこそ、彼女の大きな魅力とされています。当時——ヴィクトリア女王治世の最後の頃ですが——どの家にも天使がいました。それで、私がものを書くようになったとき、書き出しから彼女と出会ったのです。彼女の翼の影が原稿用紙の上に映りました。部屋のなかで彼女のスカートの衣ずれの音がしました。つまり、著名な男性作家の小説を論評しようと私がペンを手にしたとたん、彼女は私の背後にそっと忍び寄って、こうささやいたのでした。「あなたは若い娘さんですね。男の方が書いた本について書こうとしていらっしゃいますね。賛成してあげなさい。やさしくして、おだて上げなさい。本当のことを言わないで、女の策略をありったけ用いるのです。ご自分の意見があることをだれにも気取られますな。とりわけ、清らかなままでいなさい。」そして彼女は、あたかも私のペンの動きを指図しかけたのでした。私がいくらか自分の手柄にしてよい、ある行動を述べましょう——正しくは、私にある金額——年に五〇〇ポンドとしましょうか——を遺してくれ、その結果、私が生計のために女としての魅力にひとえに頼る必要をなくしてくれた立派な先祖の手柄なのですが。私は家庭の天使に襲いかかり、彼女の喉首を摑まえました。ありったけの力で彼女を殺しました。もし法廷に召喚されたら、自己防衛の行為だったと弁明するでしょう。私が彼女を殺さなかったら、彼女が私を殺したでしょうから。彼女は私の書評から核心部分を抜き取ってしまったでしょう。というのは、書きはじめたとたん分かったように、自分の意見がなければ、人間関係や道徳や性について真理と思うところを述べなければ、小説さえも書評できないのです。こうした人間関係や道徳や性の問題は、家庭の天使によれば、女性が遠慮なく率直に扱えないものなのです。女性は、自分の思い通りにことを運ぼうとするなら、魅了しなければ、懐柔しなければ――あからさまに言えば、嘘をつかなければならないのです。ですから、私は、原稿用紙の上に家庭の天使の翼の影か光輪の輝きが感じとれるときはいつでも、インク壺を取り上げ、彼女に投げつけました。彼女はなかなか死にませんでした。その想像上の性質は、彼女にとって大きな助けでした。実在のものを殺すより、幻を殺す方がずっと難しいのです。最後の止めを刺したと思っても、彼女はきまってこっそりと舞いもどってきました。とても時間がかかり、そうした時間はギリシア語の文法を修得したり、冒険を求めて世界を歩き回ったりするのに使った方がましだったでしょう。ですが、真の経験でした。当時、女性作家のすべてにふりかかっていた経験でした。家庭の天使を殺すことは、女性作家の仕事の一部だったのです。

でも、私の話を続けましょう。天使は死にました。それでは、なにが残っているのでしょう？残っているのは、まったくありふれたもの――寝室でインク壺を抱えている一人の若い女性――

だ、とあなた方はおっしゃるでしょう。言葉を換えれば、この若い女性は、偽りを追い払ったいま、彼女自身になりさえすればよいのです。ああ、そうは言っても、「彼女自身」とはなんでしょうか？　女性とはなんだろうという意味ですが、たしかに私には分かりません。あなた方がお分かりだとも思えません。人間の技能に可能なすべての技術と職業において自己を表現しないうちは、どんな女性にも分かるとは思えません。実のところ、私がここに伺った理由のひとつはそれなのです——女性とはどういうものかを実地に示されているあなた方、さまざまな失敗や成功を通してそれに関するこの上なく貴重な情報を私たちに提供しておられるあなた方に対する敬意からなのです。

ですが、私の職業面での経験の話を続けましょう。私は、はじめての書評で一ポンド一〇シリング六ペンスを手にしました。その収益でペルシャ猫を買いました。そうなると私は野心を抱きはじめたのです。私はこう申しました。ペルシャ猫は大いにけっこう、でも、ペルシャ猫で十分というわけにはいきません。私は自動車を手に入れなければならないのです、と。このようにして私は小説家になりました——奇妙なことに、人びとに物語を語って聞かせると、彼らは自動車をくれるのですから。この世の中で物語を語るほど楽しいことはないというのはさらに奇妙なことです。物語を語るのは、有名な小説の書評を書くよりずっと楽しいことです。しかし、こちらの幹事の方のご示唆にしたがって、作家としての私の経験をお話しするとしたら、作家としての私にふりかかった実に奇妙な経験についてお話ししなければなりません。そこであなた方は、その経験を理解するために、まず作家の気分を想像なさらなければなりません。作家の第一の願いはできるだけ無意識の状態になることだと申し上げても、職業上の秘密を洩らしたことにはならないでしょう。作家は途切れることのない昏睡状態を自分自身のなかに引き起こさなければならないのです。人生がこの上なく静かに規則的に進行することを望むのです。執筆している間は、くる日も、くる月も、同じ人びとの顔を目にし、同じ本を読み、同じことをしていたいのです——自分がそのなかに身を置いている幻影をなにものもこわすことがないように——想像力というあの内気な捕えにくい精神の不思議な嗅ぎまわりを、手さぐりを、投射を、突進を、突然の発見を、なにものもかき乱したり揺がせたりすることがないように。こうした気分は男性作家の場合も女性作家の場合も同じだと思います。それはそうとして、私が夢幻の境地で小説を書いているところを想像していただきたいのです。一人の娘が手にペンを握って座り、何分間も、実に何時間も、そのペンをインク壺に浸さない様子を思い浮かべていただきたいのです。私がこの娘を頭に描くとき、心に浮かぶイメージは、漁師が、深い湖のほとりで、釣竿を水上に差し出したまま、夢想にふけっているイメージです。娘は想像力を、私たちの潜在意識下の存在の深みに横たわる世界の岩という岩、割れ目という割れ目のまわりを思うがままに駆けめぐらせています。さて、男性作家よりは女性作家によく見られると思う経験が生じました。釣り糸が娘の指からするすると繰り出されていきます。彼女の想像力が疾走したのでした。深淵、深い所、この上なく大きな魚がまどろんでいる暗い場所を求めていったのです。やがて、ぶつかる音がしました。炸裂しました。泡が沸き立ち、混乱が引き起こされました。想像力はなにか固いものにぶち当たったのでした。娘は夢から呼び起こされました。事実、この上なく激烈で困難な苦しい状態に陥っていたのです。比喩なしで話せば、彼女はなにか、肉体についてのなにか、情熱についてのなにか、女性として口にするには不適当ななにかを考えていたのです。男の人たちはそれを聞いたらショックを受けるだろう、と彼女の理性が告げました。自分の情熱について真実を語る女のことを男たちがどう言うだろうかという意識が、彼女を芸術家の無意識状態から呼び起こしたのです。彼女はもう書けないでしょう。夢幻の境地は過ぎ去りました。彼女の想像力はもはや働かないでしょう。これは、女性作家にはごくありふれた経験だと信じます――つまり、女性作家たちは男性の極度の因習尊重に妨げられているのです。なぜなら、男性は明らかにこうした点で自分たちには大きな自由を許容しているのに、女性がそうした自由をもつことを自分たちがひどく厳しく非難していることに気づいてもいなければ、抑制もできないからです。

以上の二つが、私自身がまさに経験したことでした。この二つが、私の職業生活における冒険でした。第一のこと――家庭の天使を殺すこと――は解決したと思います。天使は死にました。しかし、第二のこと、つまり、私自身の肉体としての経験について真実を語ることは、解決したとは思いません。どんな女性にせよ、まだそれを解決していないでしょう。女性を阻む障害はなお非常に強力です――しかし、それらの障害ははっきりさせにくいものなのです。見たところは、本を執筆するほど簡単なことがあるでしょうか？　見たところは、男性よりもむしろ女性にとってのどんな障害があるというのでしょう？　内面に入ってみると、事態はとてもちがってきます。女性はまだたくさんの幽霊と戦わなければなりませんし、たくさんの偏見を克服しなければなりません。実際、女性が腰を下ろして本の執筆にとりかかっても、殺さなければならない幻やぶち当たる岩に出くわさなくなるには、まだ長くかかることでしょう。そして、女性の開かれたすべての職業のなかでもっとも自由な職業である文学においてそうであるなら、あなた方が現在はじめて入っていかれる新しい職業においてはどうなのでしょうか？

こうしたことが、もし時間があったら、あなた方にお尋ねしたい問題です。実際、私が自分の職業上の経験を強調したとするなら、それらが、かたちは変わっても、あなた方の経験でもあると信じたからなのです。名目上は道が開かれているときでさえ――女性が医者や弁護士や公務員になるのを妨げるものはなにもないときでさえ――女性の行く手には、私が思うに、たくさんの幻や障害が立ちはだかっているのです。そうした幻や障害について話し合い、それらをはっきりさせることは、とても価値のある重要なことだと思います。そうすることによってのみ、労苦は分かち合うことができ、困難は解決することができるのですから。しかし、この他に、私たちが戦う目的を、こうした恐ろしく大きな障害と戦う目的を話し合うことも必要です。戦う目的は承認済みではありません。絶えず問われ、吟味されなければなりません。全体の状況は――史上はじめて、私には分からないほどのさまざまな職業につかれている女性たちに現に囲まれたこのホールで、私の見るところ――とても興味深く重要な状況です。あなた方は、これまでずっと男性だけに独占されてきた家のなかで、自分だけの部屋〔自分だけの部屋はドアに鍵のかかる個室、すなわち、精神的独立を象徴している。女性が小説とか詩を書こうとするなら年に五〇〇ポンドの収入と自分だけの部屋をもつ必要があるというのが、『自分だけの部屋』（一九二九）の主張であった〕を勝ち取られたのです。あなた方は、苦労や努力なくしてではありませんが、家賃を払うことができます。年に五〇〇ポンドを稼いでいらっしゃいます。しかし、この自由は手始めにすぎません。部屋はあなた方のものですが、その部屋にはまだ調度品がありません。家具を備えつけなければならないのです。飾りつけをしなければならないのです。分かち合わなければならないのです。どのように家具を備えつけ、どのように飾りつけますか？　だれとその部屋を分かち合いますか？　どんな条件で？　こうしたことは、非常に重大で興味深い問題だと思います。史上はじめて、あなた方はこうした問いを投げかけることができるのです。はじめて、あなた方はその答えがどうあるべきかをご自分でお決めになれるのです。私は喜んで居残って、こうした問いと答えについて話し合いたいと思いますが――今夜というわけにはまいりません。時間がなくなりました。これで終わりにしなければなりません。

（女性奉仕全国協会ロンドン支部での講演、一九三一年一月二一日）

E・M・フォースターの小説

I

同時代作家の作品を批評することを妨げる理由はたくさんある。明らかな不安――感情を傷つけるのではないかという懸念――のほかに、公正であることの難しさもあるのだ。同時代作家の作品は、一つずつ出版されるので、ゆっくりと現われてくる意匠の部分々々を見ているようなものだ。私たちは熱心に評価するが、好奇心のほうが大きい。この新しい部分は、先に出版されたものになにかを加えるだろうか？　その著者の才能について私たちが抱いている推測を裏書きするものだろうか、それとも、私たちは予測を変えねばならないだろうか？　そのような問いが、私たちの批評の静かな面であるべきものを波立たせ、論議と質問で満たしてしまうのだ。ミスタ・E・M・フォースターのような小説家の場合は、特にそうである。というのは、彼はどのみち人びとの意見が大きく食いちがう作家だからだ。彼の才能の本質そのものに、何か測りがたい、捉えどころのないものがあるのだ。そこで、私たちは、一、二年のうちにミスタ・フォースター自身によってくつがえされてしまうかもしれない論をせいぜい打ち立てているだけだ、と心に留めつつ、ミスタ・フォースターの小説を書かれた順に取り上げ、試しに、そして用心しつつ、そこから私たちへの答えを引き出してみよう。

　作品が書かれた順番はたしかにかなり重要である。ミスタ・フォースターは時代の影響に極度に敏感であることが、最初に分かるからだ。彼は、人物たちが歳月とともに変わる条件に大きく左右されている、と見ている。自転車や自動車、パブリック・スクールや大学、郊外や都市などを鋭く意識しているのだ。社会史家は、彼の小説が啓発的な情報を満載していると思うだろう。一九〇五年にリリア〔『天使も踏むを恐れるところ』（一九〇五）の登場人物〕は自転車に乗れるようになり、日曜の夕方、本町通りを走り、教会のそばの曲がり角で転げ落ちてしまった〔十二章〕。このことで義弟から注意されたことを死ぬまで忘れなかった。ソーストンでは女中が客間を掃除するのは火曜日である。老嬢たちは手袋を脱ぐとき、手袋に息を吹き込む。ミスタ・フォースターは小説家だ、つまり、人物たちを周囲の状況と密接に結びつけて見ているのだ。したがって、一九〇五年の色調と慣習は、暦の上のいかなる年がロマンティックなメレディスや詩人肌のハーディに与える影響よりも、はるかに大きな影響を与えるのである。だが、私たちは、頁を繰るうちに、観察がそれ自体において目的ではないことを知る。むしろ、それは、ミスタ・フォースターを駆り立てて、現在の悲惨さからの避難所を、眼前の卑劣さからの逃げ道を作らせようとする突き棒、ウシアブなのである。ここから私たちは、ミスタ・フォースターの小説の構造において非常に大きな役割を果たすあの力のバランスにいき当たるのだ。ソーストンはイタリアを暗示する。臆病は奔放を。慣習は自由を。非実在は実在を。これらが彼の著作の多くに見られる悪役と主人公である。『天使も踏むを恐れるところ』では、病弊すなわち因習に対する治癒すなわち自然が、いずれかと言えば熱烈すぎるくらいの単純さ、単純すぎるくらいの確信をもって提示されているが、とは言っても、なんと生き生きと、なんと魅力的に提示されていることだろう！　実際、このささやかな最初の小説に力を立証するものを認めたとしても行き過ぎではないだろう。その力が豊かさと美を具えるまでに熟するには、思いきっていえば、もっと豊富な食事を必要とするだけなのである。二二年という歳月は風刺から刺を取り除き、全体の均衡を当然変えただろう。しかし、ある程度その通りだとしても、歳月は、ミスタ・フォースターが、自転車やはたきに鋭敏に反応するものの、この上なく頑固な、魂の帰依者でもある事実を消す力はなかった。自転車とはたき、ソーストンとイタリア、フィリップ、ハリエットとミス・アボットの下に、燃える中心――彼を寛大な風刺家たらしめているもの――が彼にとって常に存在しているのだ。それは魂である。実在である。真実である。詩である。愛である。それはさまざまなかたちを装い、数多くの衣装をまとう。しかし、彼はそれを手に入れねばならない。それから遠ざかることはできないのだ。やぶや牛小屋の上を、客間のカーペットやマホガニーの食器棚の上を飛んで、彼は追い求めるのだ。当然のことながら、その光景は時としてこっけいで、しばしば疲れさせるものだ。だが、彼が目的物に手をかける瞬間――最初の小説はその数例を提供している――があるのだ。

でも、それがどんな場合にどのように起こるのかを自問してみると、もっとも教訓的でなく、美の追求をもっとも意識していない箇所が、それをもっともよく達成しているようだ。彼が休暇をとるとき――そういう言い方が口をついて出るのだが――彼がヴィジョンを忘れ、事実と遊び戯れるとき、文化の使徒らをホテルに据えたあと、友人たちと喫茶店に座っている歯医者の息子ジーノを、軽快に、楽しく、自然に創造したり、あるいは『ランメルムアのルチア』のオペラ〔一八三五年初演のイタリア・オペラ。ドニゼッティ（一七九七―一八四八）作曲〕――これは喜劇の傑作だが――の上演を描写したりするとき〔第六章〕、彼の目的が達成された、と私たちはそのときに感じるのだ。したがって、ファンタジー、洞察力、すばらしい着想力を具えたこの最初の作品を根拠に判断すれば、ミスタ・フォースターはいったん自由を獲得し、ソーストンの境界を越えれば、ジェイン・オースティンやピーコックの後裔の中にしっかりと場を占めるだろう、と私たちは言うべきだったろう。しかし、二番目の小説『ロンゲスト・ジャーニー』〔一九〇七〕は私たちを迷わせ面くらわせる。対照は依然として同じである。真実なるものと真実ならざるもの。ケンブリッジとソーストン。誠実さと如才なさ。けれども、すべてが強調されているのだ。彼はソーストンをより分厚い煉瓦で造り、より強い突風でそれを打ちくだいている。詩とリアリズムの対照ははるかに際立っている。そこで私たちには、彼の才能が彼をいかなる仕事に専念させようとしているかがよりはっきり分かるのだ。一時的な気分であったかもしれないものが、ほんとうは確信であることが分かるのだ。小説は人間の葛藤に味方しなければならない、と彼は信じている。彼は美を見てとるのだ――彼ほど鋭く見てとる者はいない。だが、美は煉瓦とモルタルの砦の中に囚われの身となっており、そこから救出しなければならないのだ。彼が、囚われ人を自由の身にする前に、常に獄舎――込み入ったことやつまらないことに浸りきった社会――を造らざるを得ないのは、そこからきている。乗合バス、郊外住宅、郊外住宅地は、彼の意匠の必須の部分である。それらは、背後に容赦なく監禁されている揺らめく炎を、閉じ込め、妨げねばならないのだ。同時に、『ロンゲスト・ジャーニー』を読むうちに、彼の真面目さを鼻であしらう、ふざけたファンタジー精神に気づく。社会生活の喜劇の陰影を彼ほど巧みに捉えられる者はいない。昼食会やお茶の集まりの喜劇を、牧師館でのテニスの試合を、彼ほど面白く描写できる者はいない。彼の描く老嬢、彼の描く牧師は、ジェイン・オースティンがペンをおいて以来、もっとも実物そっくりのものだ。その上、彼にはジェイン・オースティンがもっていなかったものが具わっている――詩人の衝動だ。きちんとした表面が、抒情詩のほとばしりによって、きまってかき乱される。『ロンゲスト・ジャーニー』で私たちは田園のすばらしい描写を何度となく楽しませてもらう。あるいは、ある美しい光景――リッキーとスティーヴンの流した燃え上がる紙ボートが、弓なりにかかる橋の下をくぐり抜けていくときのような〔三十三章〕――は、いつまでも私たちの目にありありと映っているのだ。したがって、折り合いよく共存させるには難しい一群の才能が存在するわけだ。諷刺と共感、夢想と事実、詩ととりすました道徳的感覚など。私たちが、互いに反対方向に突き進む流れ、私たちに襲いかかって、傑作の権威をもって私たちを圧倒する本にさせないという相反する流れに、しばしば気づかされるのは不思議ではない。しかし、小説家にとって何よりも必須の才能があるとすれば、それは結合力――単一のヴィジョン――である。傑作の成功は欠点がないことによるのではなく――傑作に見られるこの上もなくはなはだしい手落ちさえも、私たちは許容するものだ――ものの見方を完全に把握した精神の計り知れない説得力によるのだ。

II

そういうわけで、私たちは、時が経つにつれ、ミスタ・フォースターが自分の立場を明らかにしつつある兆し、つまり、大方の小説家が属する二つの大きな陣営の一つと提携しつつある兆しを求めるのだ。大ざっぱに言って、私たちは小説家を、一方はトルストイとディケンズを筆頭にした説教師と教師たち、他方はジェイン・オースティンとツルゲーネフを筆頭にした純粋な芸術家たちの二つに分けられよう。ミスタ・フォースターは、同時に二つの陣営に属しようとする強い衝動をもっているようなのだ。彼は純粋な芸術家の本能と素質の多くを具えている（古い分類を採用すれば）――絶妙な散文様式、喜劇の鋭いセンス、独特の雰囲気の中に生きている人物を少ない言葉数で創造する力といったものだ。だが、彼は同時に、メッセージを伝えることをとても意識している。機智と感受性の虹の背後に、彼が私たちに見せようと心に決めているヴィジョンがあるのだ。しかし、彼のヴィジョンは特殊なもので、彼のメッセージは捉えどころのない性質のものだ。彼は組織に大して興味をもっていない。ミスタ・ウェルズの作品を特色づけている広汎な社会的好奇心は、彼にはまったくない。離婚法と貧民法は、彼の注意をほとんど引かないのだ。彼の関心は私生活にある。彼のメッセージは魂に呼びかけるものだ。「無限なるものを鏡で映し出すのは私生活である。そして、日常見えるものの彼方に人格があるらしいことを仄めかすのは、個人的な交わりであり、それのみである」〔『ハワーズ・エンド』、第十章〕。私たちがなすべきことは、煉瓦とモルタルの建物を建てることではなく、見えるものと見えないものを結合させることである。私たちが築くことを学ばねばならないのは、「私たちの内部の散文と情熱を結び合わせる虹の橋だ。その橋がなければ、私たちは無意味な断片であり、半ば修道士で、半ば獣なのだ」〔『ハワーズ・エンド』、第二二章〕。永遠なのは魂であるということの信念は、彼の作品に一貫して流れている。それは、『天使も踏むを恐れるところ』ではソーストンとイタリアの衝突、『ロンゲスト・ジャーニー』ではリッキーとアグネスの衝突、『眺めのいい部屋』〔一九〇八〕ではルーシーとセシルの衝突である。時が経つにつれて、それは深まり、より執拗になる。それは、軽妙で気まぐれな短編から、あの奇妙な幕間の作品『天国行きの乗合馬車』〔一九一一〕を経て、彼の全盛期の二つの大作『ハワーズ・エンド』と『インドへの道』〔一九二四〕へと、彼を駆り立てるのである。

　だが、この二作を考える前に、しばらくのあいだ、彼が自分自身に課した問題の性質を見てみよう。重要なのは魂である。そして魂は、これまで見てきたように、ロンドン郊外のどこかの赤煉瓦のがっしりした家の中に閉じ込められているのだ。それで、彼の作品がその使命をうまくやり遂げようとするなら、彼の現実はある時点で照らし出されなければならない。彼の描く煉瓦造りの家に光が当てられなければならないのだ。私たちは建物全体が光で満たされるのを見なければならないのだ。郊外の完全な実在性と魂の完全な実在性を同時に信じなければならないのだ。リアリズムと神秘主義のこの結びつきにおいて、彼がもっとも類似しているのは、たぶん、イプセン〔一八二八―一九〇六〕である。イプセンには同じ写実的な力があった。彼にとって部屋は部屋であり、書き物机は書き物机であり、くずかごはくずかごである。同時に、実在性の装置は、ある瞬間には、私たちがそれを通して無限を見るベールにならなければならない。イプセンがこれをなし遂げるとき――確かになし遂げるのだが――それは決定的な瞬間においてなにか不思議な奇術を使うことによってではない。私たちを当初からふさわしい気分にさせ、私たちに彼の目的にかなう材料を与えることによって、それをなし遂げるのである。彼は、ミスタ・フォースターのように、私たちにふつうの生活の印象を与えるが、非常に数少ない事実と、とても適切な種類の事実を選ぶことで、その印象を与えるのだ。だから、啓示の瞬間が訪れるとき、私たちは暗黙のうちにそれを受け入れる。私たちは目覚めさせられることも、戸惑わせられることもない。これはどういう意味なのか、と自問しなくてもよいのだ。眺めているものが照らし出され、その深奥があらわれたと感じるだけである。それは、何か他のものになることによって、それ自体でなくなることはないのだ。

やや同じような問題が、ミスタ・フォースターの前に横たわっている――現実のものをそのものの意味といかに結びつけ、読者の精神にこの二つを分かつ裂け目を、不信の念をいささかも抱かせることなく、越えさせるかという問題である。アルノ川の上で、ハートフォードシャー州で、サリー州で、ある瞬間に、美は鞘からとび出し、真実の炎は堅い大地を突き抜けて燃え上がる。私たちは、ロンドン郊外の赤煉瓦の家が照らし出されるのを見なければならない。しかし、私たちがこの上なくはっきりと失敗に気づくのは、写実主義小説の念入りな仕上げを正当化する、こうした重要な場面においてなのである。というのは、ここで、ミスタ・フォースターは写実主義から象徴主義へ変化するからだ。ここであれほど徹底的に固かった物体が、明るく透明になる、あるいは、なるべきだからだ。彼は、あの秀でた観察能力が役立ちすぎたからこそ、失敗している、と思わせられるのだ。あまりに多くを、あまりに文字通り記録しているのだ。一方の頁ではほとんど写真のような絵を提示し、他方の頁では同じ眺めが変容されて永遠の炎によって輝くのを見よと要求するのだ。『ハワーズ・エンド』においてレナード・バストの上に倒れる本箱は、おそらく燻製された文化の重みで彼の上にのしかかるべきなのだろう。マラバー洞窟は実在の洞窟ではなく、たぶんインドの魂として私たちの眼に映るべきなのだろう。ミス・クウェステッドは、ピクニックに出かけたイギリス女性から、東洋の奥深く迷い込み途方に暮れている、傲慢なヨーロッパに変貌しなければならないのだ。私たちは言い方を和らげている。推測が当たっているかどうか、しかと確信していないからだ。私たちは、イプセンの『野鴨』〔一八八四〕や『建築士ソルネス』〔一八九二〕において即座に感じられるような確信を得る代わりに、戸惑い、心配するのだ。これはどういう意味だろう、と自問する。これによって何を理解すべきなのだろう？　このためらいは致命的である。私たちは二つともに――写実的なものと象徴的なもの、すなわち、上品な老婦人ミセス・ムアと巫女ミセス・ムアの双方に――疑問を抱くからである。この二つの相異なる実在を結びつけることは、双方ともに疑いを投げかけるように思われるのだ。ミスタ・フォースターの小説の核心部にしばしばあいまいさが存在するのは、このためである。重要な瞬間に何かが私たちを失望させる、と感じるのだ。そして、『建築士ソルネス』におけるように単一の総体を見る代わりに、ばらばらの二つの部分を見るのである。

『天国行きの乗合馬車』という表題のもとに集められた短編は、たぶん、ミスタ・フォースターとしては、人生の散文と詩を結びつけるという、しばしば彼を悩ませる問題を単純化しようと試みたものだろう。この作品で彼は、魔法の可能性を、たとえ控え目であるにしても、はっきりと認めている。乗合馬車は天国行きである。低木の茂みで牧羊神の笛が聞こえる。娘たちは木に変わる。短編はとても魅力的だ。小説においてあれほどの重荷の下敷きになっていた奇抜な空想を解き放っている。しかし、幻想の鉱脈は、彼の才能の一部をなしている他のさまざまな衝動と単独で戦えるほど深くも、強くもない。彼は妖精の国にいて不安を感じている怠け者のようだ、と私たちは感じる。垣根の背後に、彼はいつも自動車の警笛と疲れた徒歩旅行者の引きずるような足どりを聞きとり、すぐに戻らねばならないのだ。この薄い短編集は、たしかに、彼がみずからに許容したかぎりの純粋な幻想を含んでいる。私たちは、少年たちが牧羊神の腕の中に飛び込み、少女たちが木に変わる気まぐれな世界から、おのおのが六〇〇ポンドの収入をもち、ウイッカム・プレイスに住むシュレーゲル姉妹に移るのである。

Ⅲ

この変化を私たちはとても残念に思うが、それが適切であることに疑問はない。というのは、『ハワーズ・エンド』と『インドへの道』以前の作品はどれも、ミスタ・フォースターの力の全領域を十分に活用しているとは言えないからだ。奇妙な、ある点で矛盾した数々の才能を手に、彼は、その非常に感受性に富んだ活動的な知性を刺激はしても、極度のロマンスとか情熱を要求しないような主題を必要としたように思われる。つまり、彼に批評の材料を与え、探索を誘う主題、膨大な量の、些細な、だが正確な観察から組み立てられることを求め、極度に正直な、だが共感に溢れる精神によって試されることのできる主題、しかも、こうしたものすべてを具えつつ、最終的に構築されたときに、日没の光の奔流と夜の果てしなさを背景に象徴的意味を現わすであろう主題なのである。『ハワーズ・エンド』においては、イギリス社会の下層中産階級、中流階級、上層中産階級が一つの完全な織物に織り上げられている。それは、それまでよりも大きなスケールでの試みであり、もしうまくいかない場合は、主として試みのサイズのせいであろう。たしかに、すばらしい技術的完成度、また洞察力、聡明さ、美しさを具えた、この手の込んだ、きわめて精巧な作品の多くの頁をふり返ってみると、どういう一時的な気分からそれを失敗と呼びたくなり得るのか、分からないのだ。あらゆる規則からも、それ以上に初めから終わりまで強い関心をもって読み通したことからも、成功作だと言うべきだったろうに。その理由はおそらく褒め方が示唆している。精巧さ、巧みさ、聡明さ、洞察力、美――こういったもののすべてが存在するのだ。だが、融合されていないのである。結合が欠けているのだ。作品は全体として力に欠けているのだ。シュレーゲル家の人たち、ウィルコックス家の人たち、バースト家の人たちは、彼らの属する階級と環境を十分に表象し、並外れた迫真力をもって現われる。しかし、全体の効果は、これより小品だがみごとに調和している『天使も踏むを恐れるところ』ほど満足がいかないのだ。ミスタ・フォースターの資質には何かつむじ曲がりのところがあって、彼の多彩な数々の才能が互いの揚げ足とりをしがちなのだ、と私たちは再び感じさせられる。もし彼がそれほど綿密でなく、それほど公正でなく、一つ一つの状況の相異なる局面にそれほど敏感に気づいていなければ、これという一点にもっと強力に襲いかかれるだろう、と感じさせられるのだ。それに反して、彼の打撃力は消散している。室内の何かで絶えず目覚めさせられる眠りの浅い人のようだ。詩人が風刺家によって引っ張られているのだ。喜劇家が道徳家によって肩を叩かれているのだ。美やあるがままのものの興味に喜び浸って、長いあいだ夢中になったり、我を忘れたりしないのだ。この理由から、彼の作品の抒情的部分は、しばしばそれ自体としてはとても美しいのだが、文脈の上では相応の効果を生み出さない。おのずから花開く代わりに――たとえば、プルーストにおけるように――もの自体の美と興味が溢れ出ていることから、それらが何か苛立ちによって生み出されたもの、醜悪さに憤激した精神が美をもってそれを補おうとする努力――抗議からはじまっているので、やや熱病にかかったようなところがあるもの――だ、と感じさせられるのだ。

だが、『ハワーズ・エンド』においては、傑作を生み出すのに必要とされるすべての資質が溶け合っている、と感じる。人物たちは私たちにとって非常に実在感がある。物語の配列はみごとだ。あの定義しがたいが非常に重要なもの、すなわち、作品の雰囲気、は知性で輝いている。これっぽっちのごまかしも、いつわりの一かけらも、留まることを許されない。そして再び、だが、さらに広大な戦場で、ミスタ・フォースターの小説のすべてに見られる戦いが展開するのだ――重要なものと重要でないものとの、実在とにせものとの、真実と嘘との戦いである。再び、喜劇は絶妙で、観察は申し分ない。だが、再び、私たちが想像力のもたらす喜びに浸りきろうとするまさにそのとき、ちょっと引っ張られて目覚めるのだ。肩を叩かれるのだ。これに目を留め、あれに目を配らねばならない。マーガレットにしろヘレンにしろ、たんに自分自身として喋っているのではない、その言葉は別の、より大きな意図を含んでいる、と悟らされる。そこで私たちは、その意味を探し出そうとして、想像のうっとりする世界――そこでは私たちのさまざまな能力が自在に発揮されるのだが――から、理論の薄明の世界――そこでは私たちの知力だけが忠実に働くのだ――へと足を踏み出す。そのような幻滅の瞬間は、作品の重要な場面――剣が落ちてくるとか、本箱が倒れるとか――で、ミスタ・フォースターがこの上なく真剣なときに、きまって訪れるのである。そうした瞬間は、すでに見てきたように、「重要な場面」と重要な人びとに奇妙な非実在感をもたらす。けれども、それらは喜劇からは完全に姿を消しているのだ。そうした瞬間は私たちに、愚かにも、ミスタ・フォースターの才能をちがった風に配置して、喜劇だけを彼に書かせたいと思わせるのだ。というのは、彼が人物たちの振る舞いに責任を感じなくなり、宇宙の問題を解決しなければならないことを忘れるやいなや、ミスタ・フォースターはもっとも人を楽しませる作家になるからだ。『ハワーズ・エンド』のみごとなティビィと絶妙なミセス・マントは、主として私たちを楽しませるために投入された人物たちだが、新鮮な空気の息吹きをもち込む。彼らは、創造者から好きなだけ離れて自由にさまよってよいのだという魅惑的な信念を、私たちに吹き込むのだ。マーガレット、ヘレン、レナード・バストは、彼らが事態を手中に収め、理論を引っくり返してしまわないように、厳重につながれ、油断なく監視されている。しかし、ティビィとミセス・マントは好きなところに行き、好きなことを喋り、好きなことをする。ミスタ・フォースターの小説においては、脇役の人物たちや重要でない場面は、このように、明らかにこの上なく骨折って描かれた人物や場面よりも、しばしばより生き生きしている。とは言うものの、このまじめな、非常に興味深い大作が、たとえ不満足ではあっても重要な作品――同じくらい大きな広がりをもっているが、気を揉ませることの少ない何かの前触れであっても不思議ではない作品――であることを認めずに、この本の議論を終えるのは不当であろう。

Ⅳ

『インドへの道』が出版されるまでには長い歳月がすぎた。そのあいだに、ミスタ・フォースターが技法を発展させ、その結果、それは彼の気まぐれな知性の刻印により易々と応じ、彼の内部で戯れる詩と幻想により自由な捌け口を与えるようになったと期待した人びとは、失望したのである。態度はまさに相変わらずの正直な態度なのだ。人生が玄関つきの家であるかのように、そこまでとことこ歩いていって、ホールのテーブルの上に帽子をおき、すべての部屋を順序正しく訪れるという態度なのだ。家は依然としてイギリス中産階級の家である。だが、『ハワーズ・エンド』からの変化が見られる。これまでミスタ・フォースターは注意深い女主人のように作品に行きわたりがちだった。つまり、紹介し、説明し、客にここが一段高くなっているとか、そこは隙間風が入るとか警告したがるのである。しかし、この作品では、たぶん自分の描く客にも家にもいくらか幻滅していて、そうした心配りをゆるめたようだ。私たちはこの途方もない大陸をほとんどひとりで歩きまわることを許される。特に田園のあたりで、自然に、ほとんど偶然に、まるで現にそこに身をおいているかのように、いろいろなものに目をとめる。絵のまわりを飛びまわる雀がいま目をとらえたかと思うと、こんどは額を塗りたくった象、次は巨大だが並びのよくない山の連なりだったりするのだ。人びともまた、特にインド人たちは、同じいいかげんな、おきまりの特質をもっている。彼らはきっとインドの土地ほど大切ではないのだろうが、生き生きしている。感受性が豊かなのだ。もはや私たちは、イギリスでいつも感じていたように、彼らが作者のある理論をくつがえさないように、どこそこまでは行けるが、それ以上遠くには行くことを許されていないのだ、とは感じない。アジズは自主的行動者である。彼はミスタ・フォースターの創造したもっとも想像力に富む人物であり、第一作『天使も踏むを恐れるところ』の歯医者ジーノを思い出させる。彼とソーストンのあいだに大洋を置いたことが、ミスタ・フォースターに役立ったと想像してよいだろう。ケンブリッジの影響の及ばないところにいるのは、しばしのあいだ、ほっとすることだ。繊細で正確な批評に提供できる模型世界を築くことが、依然として彼には必要なことであるけれども、その模型はより大きな規模に立っている。イギリス社会は、そのみみっちさ、下品さ、一条の英雄的資質もろとも、より大きな、より不気味な背景に対照させられている。そして重要な場所にあいまいなところがあり、不完全な象徴主義の瞬間があり、想像力が扱いかねるほどの事実の集積があることは、依然としてその通りだが、初期の作品で私たちを悩ませた二重の見方は単一のものになりつつある。浸透はさらに徹底的である。ミスタ・フォースターは、この濃密で目の詰んだ一群の観察を精神的な光で活性化するという偉業をほぼなし遂げている。この作品は、疲労と幻滅の徴候を示しているが、数々の章は明晰で高揚した美をはらみ、とりわけ私たちに、次にミスタ・フォースターはどういうものを書くだろうか、という問いを抱かせるのだ。

（『アトランティック・マンスリー』一九二七年十一月号）

『オローラ・リー』

ブラウニング夫妻自身をおもしろがらせることになっただろうが、流行の意外な成り行きのひとつとして、彼らは現在、これまで内面的に知られていたよりも、生身の人間としてはるかによく知られているようだ。巻き毛の女と頬髯の男――この情熱的な恋人たちは、父親の専制のもとに苦しみ、叛旗をひるがえし、駆け落ちしたのだ――二人の詩など一行も読んだことのない数多くの人たちが、ブラウニング夫妻をこういうふうに知り、愛しているにちがいない。作家たちは、今日、回顧録を書いたり手紙を出版したり写真のためにポーズをとったりするのが習わしになったおかげで、かつてのように作品を通してだけではなく、生身の人間としても生きる――つまり、書いた詩によってだけではなく、いろいろな帽子をかぶった姿においても知られるようになっているのだが、この二人はその元気な生き生きした作家たちのなかでもとりわけ目につく存在になっている。写真術が文学という芸術にどんな害をおよぼしたかは今後検討されねばならないだろう。詩人について書かれたものが読めるときに、私たちが詩人の書いたものをどこまで読むだろうかは、伝記作者の前に横たわる問題である。さしあたりは、ブラウニング夫妻に私たちの共感を呼び起こし関心をかき立てる力があることをだれも否定できない。「レディ・ジェラルダインの求愛」はおそらくアメリカの大学で一年に一回ほど覗き見する教授が二人ぐらいいるだけだろう。だが、ミス・バレットがソファに横たわっていたこと、ある九月の朝ウィンポール街の暗い家から逃げ出したこと、そして、角を曲がったところの教会で健康と幸福と自由とロバート・ブラウニングを手にしたことを知らない人はいない。

しかし、運命は作家としてのミセス・ブラウニングに対して情け深くはなかった。作品を読む人もいなければ、論じる人もなく、詩人としてどのあたりに位置づけるべきかを検討しようという人もいない。クリスティナ・ロセッティの名声と比べてみさえすれば、彼女の名声がいかに衰えているかが分かるだろう。クリスティナ・ロセッティはイギリス女性詩人の第一人者の座に否応なく就いている。エリザベスの方は、生前はクリスティナをはるかにしのぐ賞賛の声を浴びていたものの、どんどん遅れをとってしまった。入門書のたぐいは傲慢な態度でミセス・ブラウニングを無視している。彼女の重要性は、「いまやたんに文学史の上での重要性でしかない。教育も夫との結びつきも、言葉の価値と形式の観念を彼女に教え込むことはできなかった」〔ストップフォード・A・ブルック『イギリス文学——一六七〇年から一八三二年まで』(一八七六)〕と言われている。要するに、文学という大邸宅において彼女に割り当てられている唯一の場所は、階下の使用人部屋なのだ。そこで彼女は、ミセス・ヘマンズ〔一七九三―一八三五、女性詩人〕、イライザ・クック〔一八一八―八九、女性詩人〕、ジーン・インジロウ〔一八二〇―九七、女性詩人〕、アレクサンダー・スミス〔一八二九―六七、スコットランドの詩人・エッセイスト〕、エドウィン・アーノルド〔一八三二―一九〇四、詩人・ジャーナリスト〕、それにロバート・モンゴメリー〔一八〇七―五五、詩人〕などと席をならべて、陶器類をがちゃがちゃいわせ、山のような量の豆をナイフの先にのせて食べているのである。

したがって、もし私たちが書棚から『オローラ・リー』を取り出すとすれば、それを読むためというより、この過ぎ去った流行の記念品を親切にもわざわざ眺めるためなのだ――ちょうど祖母たちのマントのふさをもてあそんだり、かつて祖母たちの客間のテーブルを飾っていたタジマハールの雪花石膏模型をつくづく眺めるように。しかし、ヴィクトリア時代の人びとにとって、この本は、明らかに、とても大事なものだった。一八七三年までに『オローラ・リー』は十三版を重ねていたのである。しかも献辞〔エリザベスの遠縁にあたるジョン・ケニヨン（一七八四―一八五六）に捧げられた〕から判断すると、ミセス・ブラウニング自身、この作品を非常に重視していることをはっきり認めている――「私の作品のなかでもっとも円熟したもの、人生と芸術に関する私の最高の信念が注がれた作品」と称しているのだ。彼女の手紙によれば、この本は長いあいだ心のうちにあったようだ。ブラウニングに初めて出会ったときはこの作品についての考えを練っていたところで、これをどのように書くつもりかを語ることが、恋人同士が自分たちの作品について喜んで分かちあった打ち明け話の手始めと言えよう。

……ただいまのところ私が第一番に書きたいと意図〔この言葉を強調している〕しているのは一種の詩小説です——慣習のまっただなかに分け入り、「天使も足を踏み入れぬ」〔アレクサンダー・ポープ（一六八八—一七四四）の『批評論』（一七一一）の一句〕客間などに飛び込むのです。そうやって、現代の人間一般の正体に直面し、その真実をはばかるところなく語るのです。それが私のしようと思うことです。〔一八四五年二月二七日付、ロバート・ブラウニング宛ての手紙〕

しかし、のちに明らかになるいくつかの理由によって、彼女はこの意図を、幸せな逃亡生活のあの驚くべき一〇年の間、秘めていたのだった。だから、この本が一八五六年にやっと出版されたとき、自分の与えられる限りの最上のものをそこに注いだと彼女が感じたのはもっともだった。おそらく、ずっとあたためていて、飽和状態を生み出していたことが、私たちが待ち受ける驚くべきものとなにか関係しているのだろう。とにかく『オーローラ・リー』の最初の二〇頁を読むと、次のことに気づかずにはいられない。すなわち、なぜだか分からないが、ある本の入口にはうろついていても別の本の入口にはうろついていない例の老水夫〔S・T・コールリッジ（一七七二—一八三四）の長詩『老水夫行』（一七九八）の老水夫。ここでは、読者を魅了してやまない物語作者を意味している〕が、私たちの手を摑み、ミセス・ブラウニングが九巻におよぶ無韻詩のかたちでオーローラ・リーの物語をとうとう語るあいだ、三歳の幼児のように耳を傾けさせるということだ。スピードと勢い、率直さと揺るがぬ自信——こういった特質が私たちの心を奪うのである。私たちは、こうした特質に足を取られて漂いながら、オローラの母親はイタリア人で、「いまだ娘が四歳にもならぬ頃、そのたぐいまれなる青い目は娘を見ることもはやなく閉ざされし」〔『オローラ・リー』第一巻、二九―三一行〕ことを知るのだ。父親は「厳格なイギリス人にして、大学での学問、法律、教区での講話に無味乾燥なる生涯を母国で過ごしてのち、はからずも情熱に流されしが」〔『オローラ・リー』第一巻、六五―六八行〕、やはり死んでしまい、子どもはイギリスに送り返され、伯母に育てられることになる。名門リー一族の出身である伯母は、田舎の邸宅のホールの踏段の上に黒いドレス姿で立ち、オローラを迎える。伯母のやや狭い額は、固く編んだ白髪まじりの茶色い髪でふちどられていた。閉じた、穏やかな口。無色といってよい眼。両頰は、「喜びよりも悔恨のためにとっておかれしが——盛りを過ぎたれば、色あせることもなき」〔『オローラ・リー』第一巻、二八七―二八八行〕、本にはさんだ押し花のバラそっくり。伯母は静かな生活を送り、キリスト教徒としての才能を、靴下を編みペチコートを縫うことに発揮していた。「なんとなれば、われらは、つまるところ、同じ人間にして、同じフランネルの肌着を必要とすればなり」〔『オローラ・リー』第一巻、三〇一―三〇二行〕。この伯母の手からオローラは女にふさわしいとされた教育を受ける。フランス語を少し学び、幾何をちょっとかじる。ビルマ帝国の国内法とか、船の通れる川でララに通じているのはどれか、クラーゲンフルト〔オーストリア南部の首都〕で西暦五年にどんな国勢調査がなされたか、など。優美に衣をまとった海の精の描き方、糸ガラスの巻き取り方、鳥の剝製の作り方、蠟で花をかたどる仕方、等々。伯母が女は女らしくあることを望んだためである。夜には十字縫いをした。オローラは一度、絹糸の選択をまちがってしまい、羊飼いの娘の眼をピンク色で刺繡してしまったことがある。女に課せられたこうした教育に苦しめられて、死んでしまった女たちがいる、と情の激しいオローラは怒りの声を上げる。やや衰えてしまった女たちもいる。少数の女たちが、オローラのように、「目に見えぬものとかかわって」〔『オローラ・リー』第一巻、四八〇行〕、耐え抜き、しとやかに足を運び、いとこたちにていねいに振る舞い、牧師の話に耳を傾け、お茶をつぐ。オローラ自身は幸いなことに小さな部屋をもっていた。その部屋には、イギリスの田舎の味気ない緑の色彩に合わせるかのように、緑色の壁紙が貼られ、緑色の絨毯が敷かれ、ベッドには緑色のカーテンがかかっていた。ここに彼女は退き、本を読んだのである。「人目にふれぬ屋根裏部屋をわれ見つけぬ、父の名の書かれし箱のうず高く、かさ高く、積まれたるこの場所に、ひそかに出入り、……巨象のあばら骨のあいだを駆け抜けるすばしこき小鼠のごとく」〔『オローラ・リー』第一巻、八五〇—八五五行〕、次々に本を読んだのだ。この鼠は実際に（ミセス・ブラウニングの鼠はそうするのだが）飛び立ち、舞い上がったのだ。「書物の真理の美しさと刺激に燃え上がりて、高揚せしままにわれを忘れ、魂を先頭にして、がむしゃらに、書物の深海に飛び込めるとき——そのときなるぞ、書物のまことの価値をわれらが手にするは」〔『オローラ・リー』第一巻、七二一—七二五行〕。こうして彼女は本を読みつづけたのだった。やがて、いとこのロムニーが訪れ、彼女と連れ立って散策するようになる。あるいは画家のヴィンセント・キャリントン――「人びとは彼を奇妙な考えに凝り固まれる男と厳しい目で見たり。肉体をみごとに描くは魂をも暗に描くこと、と主張したれば」〔『オローラ・リー』第一巻、一二二六―一二二八行〕――が窓辺に訪れ、合図するようになる。

『オローラ・リー』の第一巻の概要をこのように手短にまとめても、もちろん『オローラ・リー』を正当に扱ったことにはまったくならない。だが、オローラ自身がすすめるように、魂を先頭にして、がむしゃらに、詩そのものを呑み込んでしまうと、さまざまな印象を体系づけてみたい気持ちに駆られてくるのだ。なかでも作品全体から第一に受ける印象は、作者の存在を感じさせられることだ。作中人物オローラの声を通して、エリザベス・バレット・ブラウニングの性格、周囲の状況、特徴が私たちの耳に聞こえてくる。ミセス・ブラウニングは自分を制御できないのと同様に、自分を隠すことができなかった――これは、芸術家の場合、明らかに不完全さのあらわれだが、人生が芸術を必要以上に侵しているしるしでもある。私たちが読んだ頁のなかで、架空の人物オローラは、実在のエリザベスに何度も光を投げかけているように思われる。忘れてならないのは、彼女がこの詩の構想を四〇年代初頭に練っていることだ。当時は、女性の芸術と女性の生活の繋がりは不自然なほど密接だった。したがって、厳格この上ない批評家でさえ、作品に目を釘付けにすべきときに、生身の作者に時には触れないわけにはいかなかったのである。しかも、だれもが知っているように、エリザベス・バレットの生活は、もっとも個性的な本物の才能の持ち主にさえ影響をおよぼすたちのものだった。母親は彼女が子どもの頃に死んでしまった。実に多くの本をひとりで読んだ。大好きだった弟が溺死した。健康がそこなわれた。父親の専制的な取り計らいで、ウィンポール街の寝室に閉じ込められ、ほとんど尼僧院にいるような隠遁生活を送った。だが、周知の事実のかずかずをくり返すかわりに、こうした事実がどういう影響をもたらしたか彼女自身が語るところを読んだ方がよいだろう。

私は、強い感情を求めて、精神の世界においてのみ〔と彼女は書いている〕、あるいは悲しみとともに、生きていました。病気になって引きこもる前から、やはり閉じ込められていました。世の中のもっとも年若い女性のうちでさえ、この私ほど（もう若いとは言えないのですが）、人の世についての見聞や知識が乏しい人間はいないでしょう。私は田舎で育ちました――世間に接する機会もなく、書物や詩を心の友とし、空想のなかで経験を積みました。このようにして、時はどんどん過ぎ去ったのです――やがて、病気にかかって……部屋の入口を二度と通る見込みがなくなった（一時はそう思われたのです）とき、それでは、と私は苦々しい思いでこう考えはじめたのです……私は、いま立ち去ろうとするこの神殿のなかに、ずっと盲目のままとどまっていたのだ、と――人間性を目にすることはまったくなかった、と――この世の同胞は私にとって名のみの存在であり、高い山も川も、実際のところなにも私は見たことはないのだ、と……この無知が私の芸術にとってどれほど不利であるかお分かりになりますか？　私が命長らえても、この隠遁状態から脱け出さなかったら、たいへんに不利な状況のもとで苦しむことが――私はある意味で盲目の詩人のような存在であることが、お分かりになりませんか？　たしかに、見返りはある程度ありました。精神生活は豊かでしたし、また自己を意識し分析する習慣から、主として人間性について大いに想像をめぐらせました。しかし、詩人としての私は、書物から得たこのぶざまな、重々しい、ふがいない知識のいくぶんかを喜んで差し出すでしょう。もし人生や人間をいくらかでも経験できるものなら、もしいくらかでも……」〔一八四五年三月二〇日付、ロバート・ブラウニング宛ての手紙〕

ここで彼女は中断している。そこで、彼女が筆を休めている間に、もう一度『オローラ・リー』に目を向けよう。

こうした生活は、詩人としての彼女にどれだけの損害を与えただろうか？　大きな損害だったことは否定できない。『オローラ・リー』やエリザベス・バレットの『書簡集』――両者は呼応しあっているのだが――の頁を繰れば、現実の男女をめぐるこのテンポの早い混沌とした詩におのずから表現される精神は、孤独によって益するたぐいの精神ではないことは明らかだからだ。叙情性に富む精神の持ち主、学究的な精神の持ち主、選り好みの激しい精神の持ち主なら、隠遁と孤独を利用してみずからの力を完成することができるだろう。テニソンは奥深い田舎で書物とともに暮らすことしか求めなかった。だが、エリザベス・バレットの精神は潑剌として、世俗的で、辛辣だった。彼女はけっして学者ではなかった。書物は彼女にとってそれ自体が目的ではなく、生きることの代用物なのだ。草原を飛びまわることを禁じられていたので、二つ折り判本のあいだを駆けまわったのである。生身の男女と政治を論じるのは問題外だったので、アイスキュロスやプラトンに取り組んだのだ。病人だったときに愛読したのは、バルザック、ジョルジュ・サンド、その他の「不朽の名声のある不穏当な作家たち」だった。「こうした作家たちは、私の生活の生彩をある程度保ってくれたからである」〔一八四八年五月一日付、ジョン・ケニヨン宛ての手紙〕。彼女がついに牢獄の格子を打ち壊したとき、現下の生活に身を投じた際の熱烈さほど目をそばだたせるものはない。彼女はカフェに腰を下ろし、人びとが通り過ぎるのを見るのが大好きだった。議論や政治や現代の世の中の争いをとても好んだ。過去とその遺跡は、イタリアの過去や遺跡でさえ、仲介者ヒューム氏〔ヒュームがニュートンの自然学とロックの認識論を主たる導き手として、人間学のニュートンたらんと目指したことから彼を〈仲介者〉と呼んだのであろう〕の理論やフランス国民の皇帝ナポレオンの政治ほど、彼女の関心を引かなかったのである。イタリアの絵画やギリシアの詩は、現実の事実に専念するときの独創的な自立心とは奇妙にも違って、ぎごちない、月並みな熱情を彼女のなかに引き起こすのだった。

　生まれつきの性向がそういうふうだったので、病室の奥にこもっているときでさえ、彼女の精神が詩の主題を現代生活に求めたのは驚くべきことではない。彼女は、賢明なことに、父の家からの逃亡がある程度の知識と釣り合いを自分に与えてくれるまで待ったのだった。しかし、長年の隠遁生活が、芸術家としての彼女に、取り返しのつかない損失をもたらしたことは否めない。彼女は隔離された状態で暮らし、外部の世界については想像をめぐらし、その一方で内部の世界を必然的に拡大していたのである。スパニエルのフラッシュを失ったときは、他の女性が子どもを失ったときのように心乱されたし、蔦が窓ガラスを打つ音は、強風のなかで木々が打ち合う音となったのである。音という音は拡大され、できごとはどれも誇張された。というのは、病室は静まりかえっていたし、ウィンポール街はひどく退屈だったからである。彼女が「客間などに飛び込み、現代の人間一般の正体に直面し、その真実をはばかることなく語る」ことがやっとできたとき、衝撃に耐えられる強さが彼女にはなかった。なんのへんてつもない日光、時のゴシップ、人間の通常の往来が彼女をへとへとに疲れさせ、有頂天にし、それで、あまりに多くを目にし感動したために、どう感じているのか、なにを見ているのか、まったく分からないような茫然とした状態に陥らせたのである。

したがって、詩小説『オローラ・リー』は傑作になったかもしれないのに、傑作ではないのだ。どちらかと言えば、傑作の卵である。つまり、その特質が生まれ出る前の段階でばらばらになって、揺れ動きながら漂い、創造の力がそれを誕生させるべく最後の仕上げをするのを待ち受けているような作品なのだ。刺激的であると同時に退屈で、ぎごちないと同時に雄弁で、ぶざまであると同時に優美なので、圧倒し当惑させるのである。だが、それにもかかわらず、この作品は私たちの興味を引きつけ、敬意をかき立てるのだ。なぜなら、読みすすむにつれ、ミセス・ブラウニングにどんな欠点があろうと、彼女がたぐいまれな作家の一人、すなわち、私生活から独立し、人格とは切り離して考えられることを要求する想像の生活に私心なく思いきって己れを賭ける作家の一人であることが明らかになるからである。彼女の「意図」は生命を保ちつづけている。彼女の論理の興味深さが実作上の欠点の多くをつぐなっているのだ。第五巻に披瀝されたオローラの議論から簡略にのべると、その論理は次のような次第である。詩人の真の仕事は、彼女が言うには、自分自身の時代を提示することで、シャルルマーニュの時代を提示することではない。ローラン〔シャルルマーニュの十二勇士の一人〕や騎士たちの活躍するロンセスバリェス〔スペインの北部、ピレネー山脈中の一村〕よりも客間の方が、より多くの情熱が展開する場なのだ。「いまの世の釉薬、上着、あるいはふちかざりから身を引き、古代ローマの平服《トーガ》や絵のごとく美しきものばかり求むるは、致命的にして――かつ愚かなり」〔『オローラ・リー』第五巻、二二一―二二四行〕。なぜなら、生きた芸術は実生活を提示し記録するものであり、私たちが真に知っている唯一の生活は自分の時代の生活だからである。しかし、現代生活をうたう詩はどんな形式をとりうるのか、と彼女は訊ねる。劇は不可能だ。卑屈で従順な劇しか成功の見込みがないからである。その上、（一八四六年に生きる）〔エリザベスがロバート・ブラウニングとひそかに結婚した年〕私たちが生活について語らねばならないことは、「舞台、俳優、プロンプター、ガス灯、衣装にふさわしからず。われらが舞台はいまや魂そのものなれば」〔『オローラ・リー』第五巻、三四八―三四九行〕。では、彼女にはなにができるのだろう？　難しい問題である。実作は努力しただけのものにならない。だが、彼女は少なくとも生き血を作品の一頁一頁に振り絞ったのである。しかし、その他については、「形式については、いま少しわが念頭から去らしめよ、また外面的なことについても。精神を信ぜよ……火を絶やさず、豊かなる炎が形をなすにまかせよ」〔『オローラ・リー』第五巻、一二二八―一二三九行。一二四一―一二四二行〕。かくて火は燃え盛り、炎は高く舞い上がったのだ。

　詩のなかで現代生活を扱いたいという願いは、ミス・バレットに限ったことではなかった。同じような野心を自分は生涯もちつづけた、とロバート・ブラウニングは言っている。コヴェントリー・パットモアの『家庭の天使』とクラフの『トウバナ　ヴュアリッヒの小屋』〔アーサー・クラフ（一八一九―六一）が六詩脚で書いた長詩（一八四八）〕は二つながら同種の試みであり、『オローラ・リー』に何年か先立つ作品である。これは当然なことだ。小説家たちは散文の形式で現代生活を得々と語っていたのである。『ジェイン・エア』、『虚栄の市』、『デイヴィッド・コパーフィールド』、『リチャード・フェヴェレルの試練』はすべて一八四七年から一八六〇年の間にやつぎばやに書かれている。詩人たちがオローラ・リーに同調して、現代生活にはそれ自体の強烈さと意味があると感じたのはもっともだろう。なぜ、こうした掘り出し物が散文作家に独占されなければならないのか？　詩人はどうしてシャルルマーニュやローランの遠い時代に、平服《トーガ》や絵巻物風のものばかりに、引き戻されなければならないのか？　村のなかの生活、客間での生活、クラブでの生活、街中の生活などのユーモアと悲劇のすべてが謳いあげて欲しいと声高く叫んでいるというのに。詩が生活を扱っていたときの古い形式――すなわち、劇――はすたれてしまった。だが、それにとって代わるものは、なにもないのだろうか？　詩の神々しさに確信をもつミセス・ブラウニングは、熟慮し、現実の経験をできるだけ捉え、その上でついに九巻の無韻詩を書き上げ、ブロンテ姉妹やサッカレーのような小説家たちに挑戦したのである。彼女がショーディッチ〔ロンドン北東部の地区。この地に一五七六年、最初の公衆劇場が建てられた〕やケンジントン〔ロンドン西部の一区。閑静な邸宅や歴史的建造物などが多い〕を、自分の伯母や牧師を、ロムニー・リーやヴィンセント・キャリントンを、メアリアン・アール〔『オローラ・リー』に登場する貧しいお針子〕やハウ卿〔『オローラ・リー』の登場人物〕を、上流階級の結婚式やくすんだ郊外の街を、ボネットや頬髯や四輪辻馬車を、そしてまた鉄道列車を謳い上げたのは、無韻詩のかたちにおいてだった。詩人たちは、騎士や貴婦人、堀やはね橋や城の中庭を扱うのと同様、こういったものを扱うことができる、と彼女は叫んだのだ。しかし、詩人たちはそうできるのだろうか？　詩人が小説家のなわばりに忍び込み、叙事詩や叙情詩ではなく、動き、変化し、ヴィクトリア女王治世のさなかに生きる人間の関心と情熱に駆られた多くの人びとの物語を書くとき、どういうことになるか見てみよう。

　まず第一に、物語がある。話は語られねばならない。詩人は主人公が晩餐に招かれたという必要な情報をなんとかして私たちに伝えなければならない。これは、小説家だったら、できるだけさりげなく淡々と伝える内容である。たとえば、「私が、悲しい気持ちで、彼女の手袋にキスしているとき、手紙が届けられた。それは、彼女の父親がよろしくと伝言をよこし、次の日晩餐にいらしていただきたいというものだった」というように。こういう書き方はどうということはない。しかし、詩人だと次のように書かなければならないのだ。

われかく悲しみつ、かの人の手袋にくちづけせしとき、
　しもべの持ちきたるはかの人からのふみ、
そこにかの人が伝えるは、父君からのご挨拶にくわえ、
　次の日の晩餐の招きなるぞ！
〔コヴェントリー・パットモア『家庭の天使』第五編二部の最初の四行〕

この書き方はばかげている。平易な言葉がいばって歩かされ、ポーズを取らされ、力説させられているので、ばかげて見えるのだ。それにまた、詩人は会話をどう扱うのだろう？　現代生活では、私たちの舞台はいまや魂であるとミセス・ブラウニングが指し示したように、話す力が剣の力に取って代わっている。人生の重要な瞬間や人が人に与える衝撃が明確なかたちをとるのは、話すことにおいてである。しかし、詩が話し言葉を追おうとすると、ひどく邪魔が入ってしまうのだ。ロムニーがかつての恋人メアリアンに、彼女が他の男との間にもうけた赤ん坊のことを、

感情を高ぶらせて語る瞬間に耳を傾けてみよう。

神よ、わが父になりたまえ、われ幼子の父となるごとく。
神よ、われを見捨てたまえ、われ幼子に父なき子と
思わしめるとき。われこの子を引き取り
わが定めの杯を分かち飲ませ、わが膝にまどろませ、
わが足元で声高くはしゃぎ遊ばせ
通りにてはわが指を握らせん……
〔『オローラ・リー』第九巻、一二四―一二九行〕

云々、というわけだ。要するに、ロムニーは、ミセス・ブラウニングが自分の扱う現代の客間からあれほど傲然と警告を発して立ち去らせたエリザベス時代の主人公たちそっくりに、大言壮語を吐き、千鳥足で歩いているのだ。無韻詩は現代の話し言葉のこの上なく容赦ない敵であることが分かったのだ。韻文のうねりと揺れで高々と持ち上げられた会話は、激しく、技巧を凝らした、熱情あふれるものとなる。しかも、動きが除外されているので、会話が延々と続かなければならなくなると、リズムの単調さのもとで読者の心は硬化し、どんよりしてくるのだ。ミセス・ブラウニングは、登場人物の感情よりも自分のリズムの軽快な調子に乗って、一般化と芝居がかった大演説に引き込まれていく。彼女が使った表現手段の性質に強いられて、感情のもっと些細な、

もっと微妙な、もっと秘められたニュアンスを無視してしまうのだ。小説家はそれを使って人物を一筆一筆散文で作り上げるのだが。変化と展開、一人の人物が他の人物に与える影響――こういったものすべては打ち捨てられてしまう。でき上がった詩は一篇の長い独白となり、私たちが知りうる唯一の人物と私たちに語られる唯一の物語は、オローラ・リー自身と彼女の物語なのだ。

こうして、もしミセス・ブラウニングが詩小説という言葉によって、人物の性格が綿密に微に入り細に入り示され、多くの人間の心理的関係が明らかにされ、物語がすらすらと語られる作品を意味していたのなら、彼女は完全に失敗したのだった。しかし、人生一般を、つまり、自分たちの時代の諸問題に取り組んでいるまぎれもないヴィクトリア朝人たちを、詩という炎で照らし出し、強め、圧縮したかたちで私たちに認識させようという意味だったのなら、彼女の意図は成功している。社会問題に情熱的な関心をもち、芸術家と女性の矛盾をかかえ、知識と自由を渇望するオローラ・リーは、彼女が生きた時代の真の娘なのだ。社会問題について深く考え、シュロップシャーに空想的な共産村を不運にも創設したロムニーも、たしかにオローラ同様、高い理想をいだいたヴィクトリア時代中期の紳士である。伯母や、椅子カバーや、オローラが逃げ出した地主の邸宅は、いまだったらトッテナム・コート街〔ロンドン中央部の地区。家具を扱う商店などが多い〕で高値を呼ぶほどの実在感がある。ヴィクトリア時代の人間の感情が、さまざまな面で、トロロープやミセス・ギャスケルの小説におけるのと同じ確かさで捉えられ、また同じみずみずしさで私たちに印象づけられる。

実際、散文小説と詩小説を比較すれば、勝算はすべて散文の手にあるとはけっして言えない。小説家だったら別々になでて伸ばしただろうようないくつものシーンが一つに圧縮され、何頁も費やしてわざわざ描写したようなところが一行に凝縮されている物語をさっさと読みすすむと、詩人が散文作家を追い越していると感じざるをえないのだ。詩人の一頁には散文作家の倍のものが詰まっている。人物もまた、矛盾をかかえた姿が示されずに、いくぶんか諷刺漫画家風の誇張ぶりでちょんぎられ要約されているとすれば、徐々に接近していく散文では太刀打ちできない強烈な象徴的意味をはらんでもいるのだ。市場、日没、教会などさまざまな事物の全体像が、念入りな細部をゆっくりと集積していく散文作家をあざけるような、詩特有の圧縮と語尾の母音省略のおかげで、光彩と連続性を帯びている。こうした理由で『オローラ・リー』は、さまざまな欠点にもかかわらず、いまなお生命を保ち、息づき、存在する作品であり続けるのだ。そして、ベドウズ〔トマス・ラヴァル・ベドウズ（一八〇三―四九）。ロマン派詩人〕やサー・ヘンリー・テイラー〔劇作家・詩人（一八〇〇―八六）〕の芝居が、その美しさにもかかわらず、冷えきって動かないままであるのを考えるとき、ロバート・ブリッジズ〔詩人（一八四四―一九三〇）〕の古典劇の眠りを私たちが今日めったにかき乱さないことを考えるとき、客間に駆け込んで、自分たちが暮らし働いているこの場こそ詩人の真の場だと言ったときのエリザベス・ブラウニングは、本物の才能の閃きに突き動かされていたと思うのだ。とにかく、彼女の場合、その勇気は正しかったことが証明された。彼女の悪趣味、ねじ曲げられた器用さ、もがきつつ這い進む混乱した激しい行動は、この詩のなかで致命的な傷を与えることなく燃え尽き、他方、彼女の熱情とあふれ出る感情、すばらしい描写力、鋭い辛辣なユーモアは私たちを彼女の熱意に染まらせる。私たちは笑い、抗議し、不平を言う——これはばかげている、ありえないことだ。もう一瞬たりとこんな誇張には耐えられない、と——だが、それにもかかわらず、心を奪われて最後まで読んでしまうのだ。作者がそれ以上に望むことがあろうか？　しかし、『オローラ・リー』に捧げる最上の賛辞は、この作品のあとに続くものがどうして出なかったのかと不思議がらせることである。たしかに街路や客間は有望な題材である。現代生活は詩的霊感に値いするものだ。だが、エリザベス・バレットが長椅子からさっと立ち上がり、客間に飛び込んで、一気に書き上げた手早いスケッチは、未完のままである。詩人たちの保守主義、あるいは臆病さが、現代生活の主たる掘り出し物をいまなお小説家に委ねているのだ。ジョージ五世の治世〔一九三六—一九五二〕を描いた詩小説はないのである。

（『イェール・レヴュー』一九三一年六月。および
『タイムズ・リテラリー・サプルメント』一九三一年七月二日号）

エレン・テリー

彼女が『ブラスバウンド船長の改心』〔ジョージ・バーナード・ショーがエレン・テリーのために書いた戯曲。一九〇〇年作〕のレディ・シシリィとして登場したとき、舞台はもろい建物のように崩れ、ライムライトは一つ残らず消えてしまった。彼女が喋ると、まるで誰かが豊かな音色を奏でる、よく使いこまれたチェロを弓で弾いたかのようだった。声はきしり、光を放ち、轟いた。そのあと彼女は喋るのを止めた。眼鏡をかけた。小型ソファの背をじっと見つめた。自分の役を忘れてしまったのだ。だが、かまわないではないか？ 喋ろうと無言だろうと、彼女はレディ・シシリィだった――それともエレン・テリーだったのか？ とにかく彼女は舞台を満たし、ほかの俳優たちは一人残らず消えてしまった。太陽の光の中で電気の光が消えてしまうように。

しかし、レディ・シシリィの次のせりふを忘れたときの、この途切れは意味深い。それは彼女が記憶を失いかかって、盛りを越えた（と言う人もいるが）というあらわれではない。レディ・

シシリィは彼女に適した役ではないというあらわれなのだ。息子のゴードン・クレイグ〔『エレン・テリーの真髄』（一九三一）の著者。また、C・セント・ジョンとともに、エレン・テリーの『回想録』（一九三三）を編集〕が主張するには、彼女は、せりふになにか性分に合わないところがあると、つまり、砂の一粒が彼女の天才的才能というすばらしい機械の中に入り込むと、自分の役を忘れるだけだと言う。役が性分に合っているときは、すなわち、シェイクスピアのポーシャや、デズデモーナや、オフィーリアになっているときは、言葉の一つ一つが、コンマの一つ一つが、すっぽり頭に入っているのだ。睫毛までもが演技するのだ。肉体はその重みを失い、ほんの少年だった息子が抱え上げられそうだった。「私は自分自身ではないのです」と彼女は言う。「何かがのりうつってくるのです。……私は軽い、肉体のない存在になって、いつも空中に漂っているんですわ。」コート・シアターの小さな舞台でレディ・シシリィを演じた彼女を覚えているだけの私たちは、オフィーリアやポーシャに扮した彼女と比べたら、ギャラリーに飾られた大物画家ベラスケスの作品と比べた絵葉書に等しいようなものを覚えているだけなのだ。

　絵葉書だけを残していくのが俳優の運命である。毎晩カーテンが降りると、美しく彩られたキャンバスは消されてしまうのだ。残っているのはせいぜい、ゆらゆら揺れる、実体のない幻影——生きている人びとの口で語られる生命——にすぎない。エレン・テリーはそれがよく分かっていた。彼女自身、ハムレットを演じたアーヴィング〔ヘンリー・アーヴィング（一八三八—一九〇五）。イギリスの俳優。シェイクスピア劇の演出・演技で有名。エレンは一八七八—一九〇二のあいだ彼女と共演した〕のすばらしさに圧倒され、彼をけなす人びとの描く戯画に憤慨し、自分が覚えているものを書き表わそうとした。無駄だった。絶望してペンを放り出したのである。「ああ、作家だったらよかったのに！」と彼女は叫んだ。「作家だってきっとヘンリー・アーヴィングのハムレットについて言葉をつなぎ合わせることはできないわ。何も言えないわよ、何も。」彼女は謙虚で、自分には学問がないと思い込んでいたから、自分が、とりわけ、作家であるとは思ってもみなかった。自伝を書いたとき、あるいは、夜おそく、リハーサルのあとで疲れきって、バーナード・ショー宛てに何枚も何枚も走り書きしていたとき、自分が「ものを書いて」〔エレン・テリーには自伝『わが生涯の物語』（一九〇八）がある。また、彼女がショーと取り交わした手紙は、C・セント・ジョンによって死後出版（一九三一）されている〕いるのだとは思いもしなかったのである。美しい手早い筆跡で書かれた言葉は、ペンを生き生きと動かした。ダッシュや感嘆符をいくつもつけて、話し言葉の調子と強調そのものを出そうとした。たしかに彼女は言葉で家——一つの部屋からもう一つの部屋へと広がり、階段が全体を結びつけているような——を作り上げることはできなかったろう。だが、何を取り上げようと、彼女のあたたかい感受性豊かな手に握られると、それは一つの道具になった。のし棒を手にしたとすると、完璧なパイやタルトを作ったのである。肉切り用大型ナイフを手にすれば、羊肉の脚からみごとに肉片を切り落とした。ペンをもてば、言葉は皮をはぐようにこぼれ落ちてきた。あるものは途切れ、あるものは宙吊りになっていたが、どれもこれもプロのタイピストがタイプを叩く音よりもずっとよく感情を表現していた。

　それで、こま切れの時間にペンをもって、彼女は自画像を描いた。王立美術院にかかっているような、透明な上塗りをかけ、額縁をつけた、完璧な肖像画ではない。むしろ、一束のばらばらの紙といったもので、その一枚一枚に肖像を描こうと、さっとスケッチしているのだ――ここに鼻、ここに腕、ここに足、そこの余白には書きなぐっただけのものが、といった風に。スケッチは、さまざまな気分のときに、さまざまな角度から描かれていて、ときどき互いに矛盾している。鼻は眼とちぐはぐ、腕は足と釣り合いがとれていない。一つ一つをまとめるのは難しい。それに空白の頁もあるのだ。なにかとても重要な造作が描かれていない。彼女の知らない自分、埋めることのできないギャップがあったのだ。彼女はウォルト・ホイットマンの言葉をモットーにしたのではなかったか?「よく思うことだが、私自身でさえ私の真の生活をほとんど、もしくは何も知らないのだ。ここに写しとろうとしているのは、少しのヒントだけ……ばらばらの、かすかな、少しの手がかりと間接的なものではないのか?」〔ホイットマン「私が本を読むとき」(一八四七)。エレンはこれを自伝の題詞に使っている〕

それにもかかわらず、最初の部分のスケッチははっきりしている。子ども時代のスケッチだ。彼女は舞台に立つべく生まれついた。舞台が彼女の揺りかご、子ども部屋であった。ほかの女の子たちが算数や手習いをさせられていたとき、彼女は平手打ちされたり、げんこつを食らったりしながら、舞台に立つ練習をさせられた。横っ面を張られ、筋肉をしなやかにさせられた。一日中、舞台で懸命に働いた。夜おそく、ほかの子どもたちがベッドで安らかに眠っているとき、彼女は父親の外套にくるまって、暗い街路をよろめきながら歩いていた。カーテンのかかった窓々の並ぶ暗い街路は、この小さなプロの女優にとって、まがい物でしかなかった。舞台の上の無秩序な生活こそ、彼女の家庭であり、彼女の現実であった。「あそこはとんだまがい物です」と彼女は書いている――「あそこ」とは、いわゆる「家の中で過ごす生活」のことである――「まがい物――冷たく――かたく――見せかけのもの。私たちの劇場の生活はまがい物ではない――ここではすべてが本物で、あたたかく、親切だ――私たちはここですばらしい精神生活を過ごしている。」

それが最初のスケッチだ。だが、次の頁を見なさい。舞台に立つべく生まれついた子どもは人妻になっている。十六歳で、中年を過ぎた有名な画家〔ジョージ・フレデリック・ワッツ（一八一七―一九〇四）。エレンは一八六四年に三〇歳年上のワッツと結婚した〕と結婚したのだ。劇場は失せ、その灯りは消え、庭に立つ静かなアトリエがそれに代わった。劇場に代わったのは、絵と「静かな声で話す、上品な物腰の、生まれのよい芸術家たち」で満たされた世界だった。年配の著名人たちが静かな声で、彼女の頭越しに話すあいだ、彼女は隅に黙って座っている。夫の絵筆を洗い、夫の絵のためにポーズをとり、夫が絵を描いているあいだ、夫に聞かせるためにピアノで簡単な曲を弾くという生活に満足していた。夕方には大詩人テニソンとともに丘陵をさまよい歩いた。「天国にいるようだった」と彼女は書いている。「劇場に戻りたくて苦しむことなどこれぽっちもなかった。」こうした生活が続いてさえいたら！　だが、どういうわけか――ここで空白の頁が入っている――彼女はその静かなアトリエに不似合いな存在だった。あまりに若く、あまりに活発で、あまりに活力に満ちていたのだろう。とにかくこの結婚は失敗だった。

そこで、一頁か二頁とばして〔このあいだエレンは建築家エドワード・ゴドウィンと駆け落ちし、一八六七年、しばらく舞台に戻り、その後ハートフォードシャーで牧歌的生活を過ごす〕、次のスケッチに進もう。彼女は母親になっている。二人の可愛らしい子どもにすっかりかかりきりだ。奥深い田舎に住み、家庭生活に浸りきっている。六時に起床し、ごしごし汚れをこすり、料理を作り、縫い物をした。子どもたちに教える仕事もした。子馬に馬具をつけ、ミルクを取ってきた。そして、再び申し分なく幸せだったのである。田舎家に子どもたちとともに住み、小さな二輪荷馬車で小道をまわり、日曜日には青と白の木綿の服を着て教会に行く――それは理想の生活だ！このままいつまでも続くことだけを望んでいた。ところが、ある日、子馬の引く荷馬車の車輪がはずれる。ピンク色の服を着た狩猟家たちが生け垣を飛び越えていく。そのうちの一人が馬を降りて助けようとしてくれる。彼は青色の服を着た若い女を見て叫ぶ、「なんてことだ！ ネリーだ！」彼女はピンク色の服の狩猟家を見て、叫ぶ、「チャールズ・リード〔一八一四―八四。イギリスの小説家〕じゃないの！」そこで、たちまち、彼女は舞台に戻り、週給四〇ポンドを手にする。なぜなら――理由はそれだと彼女は言うのだが――家に執行吏の手が入ったのだ。金を手に入れなければならないのだ。

この時点でまったく空白の頁と向かい合う。運任せでどうにか越えられる深淵があるものだ。

二枚のスケッチが向かい合っている。青い木綿の服を着て、めんどりの群れの中に立つエレン・テリー、ライシーアム劇場〔一七九四年開場。一八七八―一九〇二年、ヘンリー・アーヴィングが経営にあたる〕の舞台でマクベス夫人に扮し、ゆったりとした衣服をまとい、冠をつけたエレン・テリー。この二枚のスケッチは矛盾しているが、二つとも同一の女性のスケッチである。彼女は舞台を憎んでいる。だが、熱愛しているのだ。彼女は子どもたちを崇めている。だが、彼らを見捨てるのだ。戸外でいつも豚やあひるに囲まれて生きたいと思う。だが、ライムライトを浴び男優や女優たちに混じって残りの人生を過ごすのだ。彼女自身、この食い違いを説明しようとするが、納得のいくものではない。「私はいつも女優というより女として生きてきた」と彼女は言う。アーヴィングは劇場を優先した。「あの人には私のいわゆるブルジョワ的資質がまったくありません――恋をしたいという望み、家庭を愛する気持ち、孤独を忌避するところなど。」自分はふつうの女だ、と私たちに言い聞かせようとする。たいていの女たちよりパイやタルト作りが上手だし、家事の切り盛りの達人だ。色を見分ける目があり、古い家具を好み、子どもたちの頭を洗うのが大好きなのだ。舞台に戻ったわけは――そう、家に執行吏の手が入ったというのに、ほかに何ができるだろう?

二人のエレン・テリー――母親エレンと女優エレン――のギャップを埋めるべく、彼女はこの小さなスケッチを私たちに提示する。しかし、ここで私たちは彼女の警告を思い出すのだ。「私自身でさえ私の真の生活をほとんど、もしくは何も知らないのだ。」彼女の内部には自分が理解していない何ものかがあった。彼女の体の奥底から湧き起こり、彼女を鷲掴みにして運び去る何ものか。小道で彼女が耳にした声はチャールズ・リードの声ではなかった。執行吏の声でもなかった。彼女の天賦の才能の声、彼女が明らかにできない何ものか、抑えられない何ものか、従わねばならない何ものかが、しきりに呼ぶ声だったのである。それで彼女は子どもたちを置きざりにし、声に従って舞台に、ライシーアム劇場に、絶え間ない労苦と苦悩と栄光の長い生活に戻ったのである。

しかし、サージェント〔一八五六―一九二五。イギリスに住んだアメリカの肖像・風俗画家〕が描いたエレン・テリーの全身像、マクベス夫人に扮し、ゆったりとした衣服をまとい、冠をつけた像を見つめたあとで、次の頁をめくろう。こんどは別の角度から描かれている。ペンを手に、彼女は机に向かっている。シェイクスピアの作品集が前においてある。『シンベリン』の頁が開かれ、彼女はその余白に慎重に書き留めているのだ。イモジェン〔『シンベリン』中のシンベリン王の王女。あらゆる美徳を具えた理想の女性像〕の役は大きな問題をもたらした。彼女は、この王女をどう解釈するかについて「悩みぬいた」と言う。バーナード・ショーがこの問題に光を投げかけてくれるのではないか？　『サタデイ・レヴュー』の才気ある批評家〔ショーは一八九五年以来この週刊誌に執筆していた〕からの長い手紙が、シェイクスピアの作品集の横においてある。彼女はこの批評家と会ったことはなかったが、二人は長年にわたり親密に、熱心に、議論しながら、手紙のやりとりをしていた。それは英語で書かれた最上の手紙のうちに入るものだろう。彼はこの上なく乱暴なことを言う。

ヘンリーを人食い鬼に譬え、エレンをその檻につながれた捕虜に譬えた。しかし、エレン・テリーはバーナード・ショーにまったく引けを取らない。彼を叱り、笑い者にし、やさしく撫でさすり、反駁した。彼女は、ヘンリー・アーヴィングが嫌った進歩的思想に好奇心に満ちた共感を抱いていた。でも、才気ある批評家はイモジェンに関してどんなことを示唆したのだろう？ 彼女が自分ですでに考えていなかったことは明らかに何もなかったのである。彼女はシェイクスピアをショーに劣らぬ厳密な批評眼で勉強していた。一行一行を吟味し、一語一語の意味を推し量り、身振りを一つ一つ試みた。彼女が自分自身ではなく、肉体をもたない存在となる、あの黄金の瞬間の一瞬一瞬は、綿密で慎重な勉強の結果なのである。「芸術は」と彼女は引用する、「私たちが与えられるものを必要とするのです」〔俳優アン・オールドフィールド（一六八三―一七三〇）の言葉〕。事実、この移り気の女は、全身これ本能と共感と感覚であるが、フロベールその人に劣らぬほど、勤勉な勉強家であり、自分の芸術の尊厳を大事にしたのである。

だが、もう一度、そのまじめな顔の表情は変わる。彼女は奴隷のように働く――あれほど懸命に働く人はいない。でも、ミスタ・ショーにすぐ言うのだ、自分は頭脳だけで働いているのではない、と。彼女は少しも賢くない。実は、「賢くなくて」嬉しいの、と言うのだ。彼女はその点をずばりと強調している。「あなたがた賢い人たちは」、とショーやその友人たちのことを指して言うのだ、あまりに多くのものを逸し、あまりに多くのものを台無しにしている。教育と言えば、彼女は生涯一日も学校教育を受けていない。彼女に分かるかぎりでは――この問題は彼女をはたと困らせるのだが――彼女の芸術の主たる源泉は想像力である。よかったら、狂人病院を訪れてごらんなさい。注意し、観察し、絶え間なく学びなさい。でも、まず、想像しなさい。そこで彼女は自分の役を書物から森の中へと連れ出す。草茂る騎馬道をあてもなく歩きながら、役を演じ、しまいに役そのものになりきるのだ。もし神経にさわったり気持ちを苛立たせるせりふがあったら、それを考えなおし、書き変えねばならない。それから、すべてのせりふが自分の言葉になり、すべての身振りが自然なものになったら、舞台に出ていく。すると、イモジェンであり、オフィーリアであり、デズデモーナであるというわけだ。

とは言っても、偉大な瞬間が彼女を襲うときですら、彼女は偉大な女優だろうか？　彼女はそれを疑わしく思っている。「私は愛と生活のほうがもっと好きです」と言うのだ。彼女の顔も、また、助けにはならなかった。感情を持続することができないのだ。たしかに彼女は偉大な悲劇俳優ではない。ときどきは、なにか喜劇的な役を完璧に演じただろう。しかし、彼女が、一人の芸術家が他の芸術家にたいするように、自分自身を分析しているときでさえ、太陽は古い台所椅子の上に斜めに射し込む。「ああ、ありがたい、すばらしい目があって！」と彼女は叫ぶ。なんという喜ばしい世界を彼女の目はもたらしてくれることか！　古い「イグサで座部を張った、頑丈な足の、背に起伏のある」椅子を見つめていると、舞台は姿を消し、ライムライトは消え、有名な女優は忘れられてしまう。

では、これらすべての女のうち、どれが真のエレン・テリーなのだろうか？　ばらばらのスケッチをどうやってまとめられるだろう？　彼女は母親なのか、人妻なのか、料理人なのか、批評家なのか、女優なのか、それとも、つまるところ、画家だったはずなのだろうか？　一つ一つの役は、彼女がそれを押しのけて別の役を演じるまで、適役であるように思われる。エレン・テリーがいくらか、どの役からもはみ出していて、演じられないままになっているのだ。シェイクスピアは彼女に適合しないだろう。イプセンもショーも適合しないだろう。舞台は彼女を抱えきれないのだ。子ども部屋も抱えきれない。しかし、つまるところ、シェイクスピア、イプセン、あるいはショーよりももっとすぐれた劇作家がいるのだ。自然である。自然の舞台はとてつもなく巨大で、役者の一座はとてつもなく多人数なので、大体は一枚か二枚の付け札をつけて自然は彼らを追い払ってしまう。彼らは来ては去り行くが、列を乱すことはない。だが、ときおり、自然は新しい役、独創的な役を創造する。その役を演じる俳優たちは、彼らを名づけようとする私たちの試みを常に無視する。彼らはありふれた役など演じないだろう――せりふを忘れ、自分で即席に別のせりふを作るのだ。だが、彼らが舞台に現われると、舞台は一組のトランプ札のようにくずれ、ライムライトは消えてしまう。それがエレン・テリーの運命だったのだ――新しい役を演じるのが。だから、ほかの俳優たちがハムレット、フェードル、あるいはクレオパトラを演じたから覚えられているのにたいし、エレン・テリーは、彼女がエレン・テリーだから、覚えられているのだ。

（『ニュー・ステイツマン・アンド・ネーション』一九四一年二月八日号）

斜塔

作家とは机に向かって、ある対象にこの上なく熱心に目をすえている人間です――この比喩は、それに瞬時目をすえてみれば、私たちに進路をぐらつかせない助けになるでしょう。彼は一枚の紙を前にして座り、自分が見るものを写しだそうとしている芸術家なのです。彼の対象は何でしょうか――彼のモデルは？　画家のモデルのように単純ではありません。花を生けた花瓶や、裸の人間、リンゴと玉葱を盛った皿ではないのです。単純きわまりない物語でさえ、一人以上の人物、一つ以上の時を扱っています。登場したときは若かった人物も、年をとっていきますし、場面から場面へ、場所から場所へと動きます。作家は動いて変化するモデル、一つではなく無数である対象を見すえていなければならないのです。作家が見つめているもののすべては一語で包括できましょう――それは、人間生活、の一語です。

次に作家に目を向けましょう。私たちに見えるのは――ペンを手に一枚の紙を前にして座っている人間だけでしょうか？　それからは、私たちはほんの少ししか、あるいは何も語ってもらえません。それで私たちはなにも分からないのです。私たちが作家についていかに多くのことを語るか、作家が自分自身のことをいかに多く語るかを考えてみるとき、彼らについて私たちがほとんど分かっていないのは奇妙です。どうして作家は時として非常に平凡であるかと思えば、非常にすぐれていたりするのでしょうか？　どうして時として傑作しか書かないかと思えば、クズしか書けなかったりするのでしょうか？　また、シェリー家、キーツ家、ブロンテ家といった一家が、どうして突然燃え上がってシェリー、キーツ、ブロンテ三姉妹などを生み出すのでしょうか？　どういう条件がそうした爆発を引き起こすのでしょうか？　答えられません――当然のことですが。インフルエンザの病原菌がまだ発見されていないのですから、天才の胚種がどうして見つけられるはずがありましょう？　私たちは、精神について、肉体についてほども分からないのです。証拠がより少ないのです。人間が自分自身に関心をもちだしてからまだ二百年足らずです。ボズウェルが、人の生涯は一冊の本を書くに値いすると考えたほとんど最初の人です。もっと多くの事実、もっと多くの伝記、もっと多くの自伝を手にするまで、私たちは、非凡な人びとは言うまでもなく、ふつうの人びとについても多くを知らないのです。したがって、現在のところ、私たちは作家についての理論を手にするだけです――数多くの理論がありますが、すべて相異なっているのです。政治家に言わせると、作家は、ねじがねじ製造機の産物であるように、彼が住む社会の産物なのです。芸術家に言わせれば、作家は天空を駆けめぐり、大地をかすめて消えゆく神々しい幻のような存在なのです。心理学者にとって、作家は牡蠣です。彼に砂だらけの事実を食べさせ、醜悪なもので苛つかせると、いわゆる代償作用として、真珠を生み出すでしょう。系図研究家によれば、ある根株、ある家族は、いちじくの木がいちじくの実をつけるように、作家を育てるのです——ドライデン、スウィフト、ポープはみな血がつながっているということです。以上のことは、作家について私たちは何も分かっていないことを示すでしょう。誰でも理論は立てられます。理論の源は、ほとんどいつも、その理論家が信じたいものを立証しようとする願望なのです。

したがって、理論は危険なものです。それにもかかわらず、私たちは本日の午後、危険覚悟で理論を打ち立てねばなりません。現代の風潮を討議しようというのですから。風潮とか動向とかを口にするやいなや、私たちは次のような信念に我が身を委ねることになります。つまり、さまざまな作家たち全体に押しつけられ、その結果彼らの書くものすべてが、ある共通の類似性を帯びるほど強力な力、影響、外的圧力があるということにです。では、この影響とはどういうものであるかについて理論を立てねばなりません。しかし、心に留めておきましょう——影響は数かぎりがないこと、作家とは非常に感受性が鋭いこと、各作家が異なった感受性を有していることを。そこに文学が、天候のように、空の雲のように、常に変化している理由があるのです。スコットの一頁を読んでごらんなさい。それから、ヘンリー・ジェイムズの一頁を読んでごらんなさい。一方の頁を他方の頁に変形させているいくつかの影響を解明しなさい。私たちの力でできることではありません。したがって、私たちがせいぜいできるのは、何人かの作家をグループ分けしているもっとも明白な影響を選り抜くことです。だが、グループはいくつもあるのです。家族が家族から伝来するように、本は本から由来するのです。ジェイン・オースティンに由来する作家もいれば、ディケンズに由来する作家もいます。作家はその親に似るのです。ちょうど人間の子どもが親に似るように。しかし、彼らは、子どもたちが異なっているように異なっていて、子どもたちが反抗するように反抗します。たぶん、現存の作家は、その先祖の誰かにさっと目を走らせるとき、理解しやすいでしょう。私たちはずっと遠くまでさかのぼる時間はありません――綿密に見る時間がないのはたしかなのです。しかし、百年前のイギリス作家たちを一瞥してみましょう――私たち自身がどんな風に見えるかを理解する助けになるでしょう。

一八一五年に、イギリスは今日と同じように戦争をしていました。それで、そのときの戦争――ナポレオン戦争〔一八一五年ナポレオンはウォータールーの戦いで敗れる〕――がどのような影響を彼らに与えたか、を問うのは当然でしょう。それは、作家たちをグループ分けした影響の一つだったのでしょうか？　答えはとても奇妙なものです。ナポレオン戦争は、作家の大多数にまったく影響を与えませんでした。その証拠は、二人の大作家――ジェイン・オースティンとウォルター・スコット――の作品に見出されます。二人はそれぞれナポレオン戦争を生き抜きました。その期間ずっと執筆していたのです。しかし、作家は自分が生きた時代の生活に密着して生きるものですが、二人のどちらもその作品全体を通してナポレオン戦争に言及していません。これは、彼らのモデル、人間生活に関する彼らのヴィジョンが、戦争によってかき乱されたり、動揺させられたり、変えられたりしていない、ということを示しています。彼ら自身もかき乱されたり、動揺させられたり、変えられたりしませんでした。なぜそうだったのかは容易に分かります。当時、戦争は遠いできごとでした。戦争は民間人ではなく、陸海軍人によって進められていました。戦闘の噂がイギリスに届くまで長い時間がかかったのです。月桂樹を吊り下げた郵便馬車がかたかた音を立てて田舎道をやってくると、ブライトン〔イングランド南東部、イースト・サセックスの都市。現在は英国最大の海水浴場である。この講演はブライトンの労働者教化協会でなされた〕のような村に住む人びとは初めて戦闘に勝ったことを知り、ろうそくを灯して、窓に立てるのでした。そういった状況と今日の私たちの状態を比べてごらんなさい。今日、私たちはイギリス海峡の砲撃を耳にします。ラジオをつけます。飛行士が、その日の午後、侵入機を撃ち落とした話をしています。飛行機のエンジンが火を吹き、彼は海に突っ込みました。光が緑色に変わり、そのあと黒くなりました。彼は海面に浮き上がり、トロール船に救助されたのです。スコットは、水兵たちがトラファルガー岬で溺れるのを見たことがありません。ジェイン・オースティンは、ウォータールーの戦場で大砲が轟く音を聞いたことがありませんでした。二人とも、私たちが夕方に自宅で座りながらヒットラーの声を聞くようには、ナポレオンの声を聞いたことがなかったのです。

　戦争にたいする免疫は十九世紀を通して続きました。イギリスは、もちろん、しばしば戦争をしていました――クリミア戦争〔一八五四―六〕、インド暴動〔一八五七―五九〕、インド前線でのありとあらゆる小競り合い、さらに十九世紀の終わりにはボーア戦争〔一八九九―一九〇二〕。キーツ、シェリー、バイロン、ディケンズ、サッカレー、カーライル、ラスキン、ブロンテ姉妹、ジョージ・エリオット、トロロープ、ブラウニング夫妻――みなこれらの戦争を通して生きていました。だが、彼らは戦争に言及したでしょうか？　サッカレーだけだと思います。『虚栄の市』において彼はウォータールーの戦闘を戦いが終わったずっと後に描きました。それも、挿絵、場面として描いただけです。その戦闘は彼の人物たちの生活を変えませんでした。主要人物の一人を殺しただけです〔ジョージ・オズボーンがウォータールーの戦場で戦死する〕。詩人の中ではバイロンとシェリーだけが十九世紀の戦争の影響を深く感じました。

　したがって、こう言えましょう。十九世紀において、戦争は、大雑把に言って、作家および人間生活に関する彼らのヴィジョンのどちらにも影響を与えませんでした。しかし、平和――平和の影響を考えましょうか？　十九世紀の作家たちはイギリスの安定した、平和な、繁栄の状態によって影響されたでしょうか？　理論の危険と愉悦の中に乗り出す前に、二、三の事実を収集してみましょう。私たちは、十九世紀の作家たちが一人のこらずかなり裕福な中産階級の人間であったことを、彼らの生涯から、事実として知っています。大部分はオックスフォードかケンブリッジで教育を受けました。トロロープやマシュー・アーノルドのように官僚だった人も何人かいます。他にはラスキンのような教授もいます。彼らが作品からかなりの資産を得たのは事実です。彼らの建てた家が目に見えるかたちでそれを証明しています。スコットの小説の収益から購入されたアボッツフォードを見てごらんなさい。あるいは、テニソンが詩作から得た金で建てたファリングフォードを見てごらんなさい。ディケンズのマリルボーンの大邸宅を、ギャッズヒルの大邸宅を見てごらんなさい。これらの邸宅はすべて、食卓を整えたり、ミルク缶などを運んだり、庭を美しく手入れし木に実をならせたりするのに、たくさんの執事、女中、庭師、馬丁を必要とするものです。彼らは大邸宅を残しただけではありません。膨大な量の文学作品――詩、戯曲、小説、随筆、歴史、批評――をも残しました。十九世紀というのは非常に多作の、創造力豊かな時代でした。さて考えてみましょう――物質的繁栄と知的創造力とのあいだにはなにか関係があるのでしょうか？　前者が後者をうながすのでしょうか？　どうも分かりません――作家についても、どんな条件が彼らを助けるのか妨げるのかについても、分からないからです。たんなる推量にすぎませんし、それもおおまかな推量ですが、関係があると思います。「そう思います」――こう言うより「そうだと分かります」と言うほうが真実に近いでしょう。思考は事実にもとづくべきです。ですが、ここでは事実よりむしろ直感を働かせています――本を読んだあとに見える光と陰、印刷された広い紙面の変化するさまなど。その変化する表面に目を走らせて私が見てとるものは、すでにあなたがたにお見せした絵です。人間生活の前に腰を下ろしている十九世紀作家。彼らの目を通して見ると、その生活はたくさんの異なる階級に分割されて、まとめられているのが分かりました。貴族階級、地主階級、知的職業階級、商業者階級、労働者階級があります。それから、黒い一点となって、ひっくるめて簡単に「貧民」と呼ばれている大きな階級があります。十九世紀作家にとって、人間生活はいくつかの野に分割された風景のように見えたにちがいありません。それぞれの野には異なるグループの人びとが集められているのです。それぞれにはある程度それ自体の伝統、風俗、言葉、衣服、職業があります。しかし、あの平和、あの繁栄のおかげで、それぞれのグループはつなぎ留められているのです。じっとしているのです——自分たちの生け垣の中で草を食んでいる群れなのです。十九世紀の作家はこうした分割を変えようとはしませんでした。それを受け入れていたのです。あまりに完全に受け入れていたので、分割に気づかなかったのです。十九世紀の作家たちがあれほど多くのタイプではなく個人である人物を創造できたのは、そのせいでしょうか？　階級を分けている生け垣が目に入らず、生け垣の中で暮らす人間だけを見ていたからでしょうか？　彼が表面の下に入り込み、生きた人間が変わるように、歳月とともに変化する多面的な人物たち——ペックスニッフ〔ディケンズ『マーティン・チャズルウィット』の登場人物〕、ベッキー・シャープ〔サッカレー『虚栄の市』の登場人物〕、ミスタ・ウッドハウス〔オースティン『エマ』の登場人物〕——を創造することができたのは、そのせいでしょうか？　現在の私たちには生け垣が見えます。十九世紀の作家たちはそれぞれ人間生活の非常に小さな部分を扱っただけだ、と現在の私たちには分かります——サッカレーの人物たちはみな上層中産階級の人びとであり、ディケンズの人物たちは下層階級か中産階級出身者でした。それが私たちには分かります。しかし、作家自身は一つのタイプ、自分が生まれついた階級によって作られたタイプ、自分におなじみのタイプだけを扱っていることに気づいていなかったようです。そして、その無自覚が彼にとって大きな利点でありました。

意識していないこと——これは、おそらく、意識下の精神が意識上の精神のまどろんでいるあいだに最高速で働いていることを意味するのでしょうが——は、私たちみなが知っている状態です。日常生活で無意識によってなされる仕事があることは経験しています。ロンドン観光の行程がぎっしり詰まった一日を想像してごらんなさい。帰宅したとき、何を見たか、何をしたか、言えますか？　すべてがぼんやりして、混乱していませんか？　でも、休息のあと、わき道に入り、何かちがうものを見る機会のあと、あなたにとってもっとも興味深かった光景、音、言葉が自然に浮かび上がってきて、記憶に留まるのです。重要でないものは忘れ去られます。作家の場合もそうなのです。歩きまわったり、できるかぎりのものを見たり、可能なかぎり感じたり、心という本の中に無数のメモをとったりして、一日一生懸命働いたあとで、作家は——可能なら——無意識状態になります。実のところ、彼の意識下の精神は、意識上の精神がまどろんでいるあいだ、最高速度で働いているのです。それから、しばらくすると、ベールがもち上がります。すると、そこに、あれ――彼が書きたいと思っているもの――が、単純化され落ち着いた状態で存在するのです。静寂の中で思い起こされた感情についてのワーズワースの有名な言葉〔ワーズワースが『抒情詩集』（一八〇〇）の序文の中で用いた言葉〕がありますが、静寂という言葉で、作家は創作に先立って無意識状態になる必要がある、と言っているのだと推察したら、彼の言葉を曲解したことになるでしょうか？

したがって、あえて理論を立てようとするなら、平和と繁栄が十九世紀作家に肉親の類似性を与えた影響であると申せましょう。彼らには閑暇がありました。保障がありました。生活は変化することなく、彼ら自身も変化することがなかったのです。見ることができ、目をそらすことができました。忘れられたのです。そのあと――自分の本の中で――思い起こしたのです。十九世紀作家たちのあいだに、個々の大きな相違点があるにもかかわらず、肉親の類似性を生み出す条件のいくつかはこれなのです。十九世紀は終わりました。しかし、同じ条件はつづきました。大雑把に言って一九一四年までつづきました。一九一四年になってさえ私たちは、作家が、人間生活を見ながら十九世紀を通して座っていたように座っているのを今なお見ることができます。そして、人間生活は今なおいくつかの階級に分けられているのを見ることができます。作家は依然として自分の出身の階級をもっとも熱心に見ています。いくつかの階級は依然として確立しているので、彼は階級が存在することをほとんど忘れています。自分自身がしっかり安定しているので、自分の地位やその安定性にほとんど気づかないのです。自分は人生の全体像を見ているし、常にそう見るだろうと信じきっています。それはまったく想像上の光景というわけではありません。こうした作家のうち多くはまだ存命中です。ときどき彼らは自分たちの立場を、ちょうど一九一四年八月以前にものを書きはじめた青年として表現しています。ものを書く技法をどうやって学んだのですか、と彼らに聞くことができましょう。大学で、と彼らは言います――読み、耳を傾け、語り合って、と。何について語り合ったのですか？　ここに一、二週間前の『サンデー・タイムズ』紙にミスタ・デズモンド・マッカーシー〔一八七七―一九五二〕の答え〔「リットン・ストレイチーと伝記という芸術」、『サンデー・タイムズ』一九三三年十一月五日号〕がそのままのっています。彼は戦争直前ケンブリッジにいました。そして、こう言っています。「ぼくたちは政治にあまり関心がなかった。抽象的な思索のほうがずっと心を惹きつけた。哲学のほうが国家全体の大義よりぼくたちにとってもっと興味深かった……主として討議したのは、それ自体が目的である『善』……真理探究、審美的感情、そして個人的関係であった。」さらに彼らは膨大な量の読書をしました、ラテン語やギリシア語、それに、もちろんフランス語や英語で。彼らは執筆もしました――でも、急いで出版しようとしませんでした。旅行もしました――ずっと遠くまで旅した者もいます――インド、南太平洋など。しかし、たいていは長い夏の休暇にイギリス、フランス、イタリアの国内を楽しく旅行しました。ときどき本を出版しました――ルーパート・ブルックの詩集〔一九一一〕のような本、E・M・フォースターの『眺めのいい部屋』〔一九〇八〕のような小説、G・K・チェスタートンの評論集〔一九〇一年から一九三四年に何冊か出版〕のような本、それから書評などです。自分たちはいつまでもこのように生きつづけ、書きつづけるだろう、と彼らには思われました。そのとき、突如、平坦な道に亀裂が入ったように、戦争が勃発したのです。

ですが、一九一四年以後何が起こったかを語りつづける前に、ちょっとのあいだ、作家自身ではなく、彼のモデルでもなく、彼の椅子をもっとよく見てみましょう。椅子は作家の装備の非常に重要な部分です。モデルにたいする彼の姿勢を決定し、人間生活の何を見るかを決定し、見てとったものを私たちに語る彼の力に深い影響を与えるのは、椅子なのです。椅子というのは、作家の育ち、教育のことです。これは事実で、理論ではないのですが、チョーサーから今日までのすべての作家は、五本の指で数えられるくらいの非常に少数の例外はあるものの、同じ種類の椅子――一段高い椅子――に座ってきました。彼らはみな中産階級出身です。すぐれた、少なくとも金のかかった教育を受けてきました。大衆より高く、化粧しっくいの塔――中産階級出身ということですが――そして黄金の塔――金のかかった教育を受けたことですが――の上に座っていました。そのことは、D・H・ロレンスをのぞいて、すべての十九世紀作家にあてはまることです。いわゆる「代表的な名前」をざっと見てみましょう。G・K・チェスタートン、T・S・エリオット、ベロック〔一八七〇―一九五三〕、リットン・ストレイチー、サマセット・モーム、ヒュー・ウォルポール、ウィルフレッド・オウエン、ルーパート・ブルック、J・E・フレッカー〔一八八四―一九一五〕、E・M・フォースター、オルダス・ハックスレー、G・M・トレヴェリアン、オズバート

〔一八九一―一九六九〕およびサッカヴェレル〔一八九七―一九八八〕・シットウェル、ミドルトン・マリ〔一八八九―一九五七〕などです。これらはそうした作家のうちの何人かです。全員、D・H・ロレンスをのぞいて、中産階級出身で、パブリック・スクールと大学で教育を受けました。同じく明白な、もう一つの事実があります。彼らが書いた本は、一九一〇年から一九二五年のあいだに書かれたものの中で最上の本だということです。そこで、訊ねてみましょう、この二つの事実のあいだには何か関連があるのでしょうか？　彼らの作品がすぐれていることと、彼らがパブリック・スクールや大学で学ばせてもらえるくらい裕福な家庭の出身であるという事実のあいだには、関連があるのでしょうか？

　こうだと決めてはいけないでしょうか？――これらの作家は大きく相異なっているし、影響に関する私たちの知識は浅いと認めるものの――作家たちの受けた教育と彼らの作品とのあいだには関連があるにちがいない、と。この教育ある人びとの属する小さな階級が作品としてすぐれた多くのものを生み出してきたこと、教育を受けない膨大な数の人びとはすぐれたものをほとんど生み出していないことは、たんなる偶然ではありえません。ですが、それは事実なのです。労働者階級がイギリス文学にもたらしたもののすべてを取り去ってごらんなさい。イギリス文学はほとんど被害をこうむらないでしょう。教育のある人びとがもたらしたものを取り去ってごらんなさい。イギリス文学は存在しないに等しくなるでしょう。ですから、教育は作家の作品において非常に重要な役割を果たしているにちがいありません。

それはとても明らかなので、作家の教育にほとんど重点がおかれてこなかったことは驚くべきことです。それは、たぶん、作家の教育は他の教育に比してはるかにはっきりしないものだからでしょう。読むこと、人の話を聴くこと、話し合うこと、旅行、閑暇――たくさんの異なるものが混じり合っているようです。生活と本は適切な割合で混ぜられて吸収されねばなりません。書庫の中だけで育てられた少年は本の虫になります。野原だけで育てられた少年は土中の虫になります。作家という種類の蝶を育てるには、少年をオックスフォードかケンブリッジで三、四年日光浴させねばならない――ようです。どのようになされるにせよ、それがなされるのはオックスフォードかケンブリッジにおいてなのです――そこで彼は作家の技法を教えられるのです。それに、作家は技法を教えてもらわねばならないのです。こう言うと、また、変でしょうか？　画家とか、音楽家とか、建築家は技法を教えてもらわなければならないと言っても、誰もそれを変だとは思わないでしょう。同様に、作家も教えてもらわなければなりません。書くという技法は他の技法と少なくとも同じくらい難しいのですから。そして、おそらくその教育がはっきりしないものなので、人びとはこの教育を無視しますけれど、よく見れば、みごとに技法を駆使する作家のほとんどがそれを教えられていることがお分かりになるでしょう。約十一年間の教育――私立学校、パブリック・スクール、大学での――によって教えられたのです。彼は、私たち他の者の上にそびえる塔に座っています。塔はまず彼の両親の身分の上に建てられ、そのあと両親の金の上に建てられたのです。それはこの上なく重要な塔です。彼のものを見る角度を決定し、彼の伝達能力に影響を与えるのです。

十九世紀を通し、一九一四年八月にいたるまで、その塔はしっかりした塔でした。作家は自分の高い位置にも、限られた視界にも気づいていませんでした。彼らの多くは他の階級の人びとに同情を、大いなる同情を抱いていました。労働者階級の人びとが塔にいる階級の利益を享受できるよう手助けをしたいと思っていました。しかし、塔を壊したいとは思わなかったし、塔から降りたいとも思わなかったのです——むしろそれを皆に利用できるものにしたいと思いました。また、モデルである人間生活も、トロロープがそれを見ていたとき以来、ハーディが見ていたとき以来、本質的に変わっていませんでした。ヘンリー・ジェイムズは、一九一四年の時点で、なおそれを見ていたのです。また、塔自体も、作家が技法を学び、教育という名で要約されるすべての複雑な影響や教えを受けたもっとも多感な歳月のあいだ、彼の足もとにしっかりと建っていました。こうしたことは作家の作品に深く影響を及ぼす条件です。というのは、一九一四年に崩壊が起こったとき、時代の代表的作家になろうとしていたこの青年たちは、自分たちの過去、自分たちの教育を、自分たちの背後に、自分たちの内部に、確保していました。彼らは安全さを味わっていました。平和な少年時代を記憶しており、安定した文明を理解していました。戦争が彼らの生活の中に割り込んできて、何人かの生活を断ち切ったけれども、彼らは書きました。そして、塔が足もとにしっかりと建っているかのように、依然として書いています。一言でいえば、彼らは貴族なのです。大いなる伝統を無意識に継承している人びとなのです。彼らが書いたものの一頁を拡大鏡の下においてごらんなさい。そうすれば、はるか遠くに、古代ギリシア・ラテンの作家たちが見えるでしょう。もっと近くなると、エリザベス朝作家たちが、なおもっと近くなると、ドライデン、スウィフト、ヴォルテール、ジェイン・オースティン、ディケンズ、ヘンリー・ジェイムズが見えます。それぞれは、個々には他の人びととどんなに違っていようと、教育を受けた人間です。つまり、技法を習得した人間なのです。

そのグループから次のグループ――一九二五年ごろに書きはじめ、たぶん、一九三九年にグループとしては終わった一群の作家に移りましょう。最近の文芸ジャーナリズムを読めば、一連の名前――デイ・ルイス〔一九〇四―七二〕、オーデン〔一九〇七―七三〕、スペンダー〔一九〇九―九五〕、イシャウッド〔一九〇四―八六〕、ルイス・マクニース〔一九〇七―六三〕等々――をすらすら口に出せるでしょう。彼らは先輩作家たちよりもずっと緊密にかたまっています。しかし、最初見たところでは、身分においても教育においても先輩作家とほとんど相違はないように思われます。ミスタ・オーデンはミスタ・イシャウッドに宛てた詩の中でこう言っています。ぼくたちの背後には化粧しっくい塗り住宅のたち並ぶ郊外と金のかかった教育があるんだ〔「詩二十四」、『見よ、旅人よ！』（一九三六）〕、と。彼らは先輩作家と同じく塔の住人であり、息子をパブリック・スクールや大学に行かせる余裕のある裕福な両親の息子です。しかし、塔自体の内部は、彼らが塔から見たものは、なんと異なっていることでしょう！　彼らは、人間生活に目を向けたとき、何を見たでしょう？　いたるところに変化が、いたるところに革命が見られました。ドイツで、ロシアで、イタリアで、スペインで、古い生け垣はすべて引き抜かれているところでした〔ドイツではナチス党が台頭し、ロシアではスターリンの共産党粛清、イタリアではムッソリーニのアビシニア戦争、スペインでは市民戦争が起こった時代だった〕。古い塔はすべて打ち壊されているところでした。別の生け垣が植えられつつあり、別の塔が建てられつつありました。ある国では共産主義が、別の国ではファシズムが頭をもたげていました。文明の全貌、社会の全貌は変わりつつあったのです。たしかに、イギリスそのものには戦争も革命もありませんでした。作家たちはみな一九三九年以前は多くの本を書く時間があったのです。しかし、イギリスにおいてすら、金と化粧しっくいで建てられた塔はもはや揺るぎない塔ではありませんでした。それらは斜塔だったのです。本は変化の影響のもとで、戦争の脅威のもとで、書かれました。作家たちの名前がそんなにもぴたっとかたまっているのはおそらくそのためでしょう。彼ら全員に影響を与え、彼らを先輩作家たち以上にグループに仕立てた一つの影響がありました。その影響は、その一連の作家の名前から、後世が高く評価するであろう何人かの詩人を当然排除したかもしれないことを覚えておきましょう。彼らは、リーダーとしても追随者としても、歩調をそろえて歩き出すことができなかったからか、あるいは、その影響は詩にとってよからぬもので、その影響がゆるむまで、彼らは書くことができなかったからかでした。しかし、こうした作家の名を一つのグループにまとめることを可能にし、彼らの作品に共通の類似点を与えているのは、彼らが座っている塔――中産階級出身と金のかかった教育という塔――が傾きかかっていることなのです。

このことをはっきり理解するために、私たちが現実に斜塔の上にいるところを想像し、どう感じるか見てみましょう。その感じが彼らの詩、戯曲、小説に認められる傾向と符合するか、見てみましょう。塔が傾いていると感じたとたん、私たちは自分が塔の上にいることを強く意識します。これらの作家たちも塔の上にいることを強く意識しています、中産階級の出身であること、金のかかった教育を受けていることを。そのあと、塔のてっぺんに来てみると、目に映る光景はなんと奇妙でしょうか――すっかり引っくり返っているのではなく、傾いて、斜めになっているのです。それもまた斜塔作家たちの特徴です。彼らはどの階級もまともに見ないのです。上か、下か、あるいは斜めに見るのです。彼らが無意識のうちに探究できるほど安定した階級など一つもありません。彼らが人物を創造できないのはおそらくそのためでしょう。では、次にどう感じるでしょう、塔のてっぺんにいると想像してみたときに？　まず不快感。次に、そうした不快感を抱くことにたいする自己憐憫。この憐憫はたちどころに怒りに変わります――自分たちに心地悪い思いをさせることで、塔を建てた者への、社会への怒り。こうした感情も斜塔作家たちの傾向であるらしく思われます。不快感、自分自身への憐れみ。社会にたいする怒り。だが――ここに今一つの傾向があるのですが――結局とてもいい眺めとある種の安全性を自分に与えてくれている社会をどうやって全面的にののしったりできますか？　その社会によって利益をこうむりつづけているかぎり、その社会を全面的にののしったりできないはずです。そこで、ごく当然のことながら、あなたは、退役した提督とか、未婚女性とか、武器製造業者という社会をののしるのです。彼らをののしることで、自分を笞打つことから免れたいと思うのです。身代わり山羊の鳴き声、それから「先生、ほかの奴なんです、ぼくじゃありません」と叫ぶ生徒のすすり泣きが、彼らの作品に声高く響いています。怒り、憐れみ。めそめそ泣いている身代わり山羊。言い訳探し――こうしたものはとても自然な傾向でしょう。私たちが彼らの立場だったら、同じことをしようとするでしょう。しかし、私たちは彼らの立場にいません。十一年間もの金のかかる教育など受けていないのです。想像上の塔を昇っているだけなのです。想像するのは止められます。私たちは降りられます。

しかし、彼らはそうはできません。自分の受けた教育を投げ捨てるわけにはいかないのです。自分の育ちを捨てるわけにはいかないのです。大学に入る以前の学校と大学での十一年は、彼らの上に消しようもなく刻まれているのです。それに、彼らの名誉になることではあるが、彼らを混乱させることには、斜塔は三〇年代に傾いたばかりでなく、ますます左に傾いてきたのです。ミスタ・マッカーシーが一九一四年の大学の自分のグループについて、「ぼくたちは政治にあまり関心がなかった……哲学のほうが国家全体の大義よりぼくたちにとってもっと興味深かった」と語ったのを覚えていますか？　その言葉は、彼の塔が右にも左にも傾いていなかったことを示しています。ところが、一九三〇年には、政治に関心を抱かないのは——あなたが若く、感受性に富み、想像力豊かであるなら——不可能でした。国家全体の大義を哲学よりはるかに緊急の関心事だと思わないのは不可能でした。一九三〇年に若い大学生たちはロシア、ドイツ、イタリア、スペインで何が起こっているかに気づかされました。審美的感情や個人的関係を討論しつづけられなかったのです。詩人だけを読むことはできませんでした。政治家たちの書いたものを読まねばならなかったのです。彼らはマルクスを読みました。彼らは共産主義者になりました。反ファシストになったのです。塔は不正と専制の上に建てられている、と彼らは悟りました。少人数の階級が他の人びとが支払っている教育を占有するのはまちがっている、ブルジョワの父親がブルジョワ的職業から作り上げた富の上に依拠するのはまちがっている、と悟ったのです。まちがっていました。でも、どうやってまちがいを正せますか？　彼らが受けた教育は投げ捨てられないのです。彼らの元手はと言えば——ディケンズは、トルストイは、彼らの元手を投げ捨てたでしょうか？　D・H・ロレンスは、坑夫の息子でしたが、坑夫のような暮らしを続けましたか？いいえ。なぜなら、作家にとって自分の元手を投げ捨てることは、炭鉱や工場で生計の資を稼がなければならないことは、死にも等しいからです。ですから、自分の受けた教育によって罠にはめられ、自分の元手によって身動きできなくされて、彼らは斜塔のてっぺんに留まっていたのです。彼らの詩や戯曲や小説に反映されている精神状態は、軋轢と苦々しさ、混乱と妥協に満ちています。

こうした傾向は分析するよりも引用するほうがよく説明できましょう。斜塔作家の一人、ルイス・マクニースの「秋の日記」という詩を見ましょう。一九三九年三月という日付になっています。詩としては弱々しいのですが、自伝として見ると、興味深い作品です。当然のことながらマクニースは身代わり山羊——自分の出身であるブルジョワの中産階級家族——を狙い撃ちしています。退役提督、退役将軍、未婚のご婦人が銀の皿にのったベーコンエッグの朝食をとる、と彼は語ります。その家族を、まるでそれがすでに自分とはやや別種の、少しどころではなくこっけいなものであるかのように描写するのです。しかし、彼らはマクニースをモールバラ校〔ウィルトシャー州にある有名なパブリック・スクール〕に、それからオックスフォードのマートン・カレッジに行かせる余裕があったのです。彼はオックスフォードで次のようなことを学びました。

　ぼくたちが学んだのは、紳士はアクセントをけっしてまちがえないこと、
　英語の曾祖父たちに親しんだことのない者は
　英語の話し方、いわんや英語の書き方を

心得ていないこと。

そのほかに、オックスフォードでラテン語とギリシア語、哲学、論理学、形而上学を学びました。

オックスフォードは（と彼は言う）マントルピースを
たくさんの神々でいっぱいにした――
スカリジェル、ハインシウス、
ディンドルフ、ベントレー、
ヴィラモヴィッツ

塔が傾きはじめたのはオックスフォード時代でした。マクニースは自分がある制度のもとで生きていると感じました――その制度は、

少数の者に法外に高い価格で特選の生活を与える
他方、百人中九十九人は
宴会に出席することなどなく
ナイフから長年の脂を洗い落とさねばならないのだ。

しかし、同時に、オックスフォードの教育は、彼を好みのむずかしい人間にしていました。

思い描くのはむずかしい
知的生活の水準を落とさず
知識人に関心があるものは何一つ欠かさず
多くの人びとが好機を得る世界は。

オックスフォードで彼は優等学位を得ました。そして、その学位――人文学の学位ですが――は、「楽しい仕事」の機会を与えてくれました――正確に言えば、年収七〇〇ポンドと自分用のいくつかの部屋。

人文学を学ばなかったら、梯子を
登っていただろう、煉瓦を肩に
年収七〇〇ポンドは賄ってくれるだろう
家賃、ガス、電話、食料雑貨の支払いを――

しかし、再び、疑問が頭をもたげてきます。もっと多くの大学生にもっとラテン語とギリシア語を教える「楽しい仕事」は、彼を満足させないのです――

……いわゆる人文学研究は
楽しい仕事につけさせてくれよう
だが、その仕事にありつく人間を精神的に破産させ、
知ったかぶりの俗人にしてしまう。

さらに悪いことには、その教育とその楽しい仕事は、自分を同胞一般の生活から切り離してしまう、と彼は嘆きます。

人間であること、それがぼくの望みのすべてだ、
文化的で、思うことをはっきり述べられる、争いのない共同体に参加したい
精神は認められ
肉体も信用される共同体に。

したがって、その争いのない共同体を生み出すために、彼は文学から政治へ移らなければなりません。こう心に留めよう、と彼は言います。

心に留めよう、習慣から政治を憎む者は、

もはや個人的価値を保てないことを
よりよき政治制度への社会の門を開かなければ。

そこで、あれこれの方法で、彼は政治に参加し、最後に辿りつくのは――

ぼくたちは何をほんとうに欲しているのだ？
どんな目的のために、どのように？
何か達成可能な、手に入るものを欲しているなら、
それをいま夢みよう、
そして、こんな国の実現を祈ろう
夢遊病者や怒った操り人形たちの国ではなく、
知性も感情も同胞の行動を理解できる国
生活とは楽器を選ぶことであり
誰もが生得の音楽を妨げられることなく……
個人がもはや自己主張でつぶされることなく
他の人びとと励み合える国を……

これらの引用は斜塔グループに及ぼしたさまざまな影響を明確に描いています。その他の影響も容易に見出せましょう。彼らの作品に意想外の転調がないこと、極端に相異なるものを対照させることなどは、映画の影響でしょう。作品の意味が不明瞭なのは、ミスタ・イェーツとミスタ・エリオットといった詩人の影響です。彼らは先輩詩人たちから、長年の実験の果てに彼らが見事に使いこなした手法を引き継ぎましたが、その使い方が不器用で、かつ不適切なこともしばしばありました。でも、もっとも明白な影響に言及する時間しかありません。それは斜塔の影響と要約できるものです。つまり、彼らを、斜塔の上で身動きできず、そこから降りられない人びととして考えてみれば、彼らの作品のわけの分からない点の多くは理解しやすくなります。ブルジョワ社会にたいする攻撃の激しさや、生ぬるさも、説明がつきます。彼らは、自分たちがのしっている社会によって利益をこうむっているのです。死んだ馬とか死にかかっている馬を鞭打つのは、生きた馬は、鞭打たれれば、彼らを背から振り落とすからです。彼らの作品が破壊的であること、また空虚であることも、これで説明がつきます。彼らはブルジョワ社会を、少なくとも部分的には破壊できます。でも、その代わりに何を打ち立てたでしょうか？　塔のない、階級のない社会を現実に経験したことのない作家が、どうやってその社会を創造できますか？　しかし、ミスタ・マクニースが証言するように、斜塔作家たちは、もし自分たちの生き方によってでなければ、少なくとも書くものによって、一人ひとりが平等で自由である社会を創り上げようと説かねばならない、と感じているのです。彼らの詩の主調音が、教師ぶった、教訓的な、大声で話す人間の口調であることの説明がつくでしょう。彼らは教えなければ、説教しなければならないのです。すべてが義務なのです――愛さえも。ミスタ・デイ・ルイスがくり返し愛を説くのを聞いて下さい。「ミスタ・スペンダーは」、と彼は言います、「彼自身と友人たちとの生活単位にもとづいて、社会集団を人間同士が再び触れ合えるサイズに縮小するよう訴え、愛を妨げるものすべてを撲滅するよう要求している。耳を傾けよう」〔『詩への希望』一九三四〕。では、次の詩に耳を傾けましょう。

ぼくたちはついに辿り着いた、
光が、雪の照り返しのように、すべての者の顔に降り注ぐ国に
ここで君は驚くだろう
仕事、金、利害、建物がどうやって
人間の人間にたいする明白な愛を覆い隠せたかを。〔スティーヴン・スペンダー「彼らが疲れたのちに」一九三三〕

私たちは詩ではなく雄弁を傾聴しているのです。この詩行の感情を感じとるには、他の人びとも耳を傾けていることが必要なのです。私たちは、耳を傾けながら、教室の中で一群となっているのです。

ではワーズワースに耳を傾けてみましょう。

貧しき者の住む小屋に彼は愛するものを見出した
日ごと彼を教えてくれる師は森や小川、
星のきらめく空の静寂、人気のない山々に広がるまどろみ。

〔「ブルーム城の祝宴でうたう」一八〇七〕

私たちはひとりのときこの詩に耳を傾けます。孤独の中でそれを思い出します。それが政治家の詩と詩人の詩のちがいでしょうか？　前者には人びとと同席しているときに耳を傾け、後者にはひとりでいるときに耳をすますのです。でも、三〇年代の詩人は政治家にならざるを得ませんでした。三〇年代の芸術家が身代わり山羊にさせられた理由がこれで分かるでしょう。政治が「現実」なら、象牙の塔は「現実」からの逃避でした。このように、散文と韻文に向けられたものの多くが、奇妙な、正規ではない言葉で書かれているのは、そこからきています。それは貴族の豊かな言葉でもなく、農夫の生気ある言葉でもありません。どっちつかずなのです。詩人は、一つは死にかけていて、もう一つは生まれ出ようともがいている、二つの世界の住人なのです〔マシュー・アーノルド「カルトジオ会本院からの詩節」（一八五五）に言及したもの〕。ここで私たちは、斜塔文学のおそらくもっとも顕著な傾向にいき当たります――つまり、完全でありたい、人間でありたい、という願望です。「人間であること、それがぼくの望みのすべてだ」――その叫びが彼らの本に鳴り響いています――同胞にもっと近づき、彼らと共通の言葉で書きたい、彼らと感動を分かち合いたい、もはや塔の上でひとり孤独の中で揚々としているのではなく、地上に降りて大勢の人びととともにいたい、という憧れが。

ですから、こうしたことが、簡単に、かつ、ある角度から言えば、斜塔の上に座っている現代作家の傾向のいくつかなのです。他の世代の作家たちでこうした傾向にさらされた世代は一つもありません。どの世代も、そのようなひどく難しい仕事を負わなかったでしょう。斜塔作家たちが、すぐれた詩、すぐれた戯曲、すぐれた小説を生み出せなかったとしても、不思議ではないでしょう。彼らには目を向ける安定したものが何もなかったし、記憶に留めるべき安らかなもの、確実に到来すると思われるものなど何もなかったのです。人生でもっとも多感な年ごろに彼らは意識させられたのです――自己を、階級を意識させられ、変化しつつあるもの、落下しつつあるもの、おそらくやってこようとしている死を意識させられたのです。彼らには思い起こす場としての静寂などなかったのです。表面の心が絶え間なく懸命に活動していたため、内面の心は麻痺していました。

しかし、彼らに詩人や小説家の創造力、生きている人物を創造し、私たちみなが覚えている詩を創造する力――それは表面と内面の二つの心の融合から生まれるのでしょうか？――が欠けていたとすれば、彼らには、もし文学が続くとすれば、将来大きな価値を有することになるであろう力がありました。彼らは偉大な自己中心主義者なのです。それもまた、彼らをとり囲む環境によってむりやり押しつけられたものでした。あらゆるものが自分のまわりで揺れているとき、比較的安定している唯一の人間は自分自身です。あらゆる顔が変化しつつあり、あいまいであるとき、はっきりと見える唯一の顔は自分の顔です。そこで、彼らは自分自身について書きました――戯曲で、詩で、小説で。一九三〇年と一九四〇年のあいだの一〇年間ほど多くの自伝を生み出した一〇年はありません。どの階級に属していようと、無名であろうと、三〇歳になる前に自伝を書かなかった人間はいなかったようです。しかし、斜塔作家たちは、自分自身について正直に、したがって想像力を刺激するように、書きました。快い真実ばかりではなく、不快な真実も語りました。彼らの自伝が、彼らの小説や詩よりもずっとすぐれているのは、そのためです。自分自身について真実――不快な真実――を語るのは、いかに困難かを考えてごらんなさい。自分が心の狭い、うぬぼれた、卑しい、挫折感を抱いた、苦しんでいる、不実で、敗北した人間である、と認めるのは、いかに難しいことか、を。十九世紀の作家たちはその種の真実をけっして語りませんでした。十九世紀の作品の多くがつまらないのはそのためです。ディケンズやサッカレーが、あれほど天分があるにもかかわらず、成熟した男や女ではなく、人形や操り人形について常に書いているように思われるのは、そのためです。彼らが主要なテーマを避け、代わりに慰みでどうにか済まさざるを得ないのは、そのためです。あなたが自分自身について真実を語らないなら、他の人びとについて真実を語れるはずはありません。十九世紀が進むにつれ、作家たちは、自分たちがみずからの勢いをそいでいること、材料を縮小していること、対象を歪曲していることに気づきました。「私たちは」と、スティーヴンソンは書いています〔口に出して言った言葉らしい〕、「自分たちの前を通りすぎる人生の半分を避けるべく運命づけられているんだ。ディケンズは、そうさせてもらえていたなら、どんなにすばらしい本を書いたことだろう！　サッカレーが、フロベールやバルザックのように自由奔放に書けたとしたら、どうだったか考えてもみろよ！　ぼく自身だってどんな本が書けただろう？　だけど、連中はぼくたちに玩具の小箱を与えて、『これ以外の何かで遊んじゃいけませんよ！』と言うんだ」。スティーヴンソンは社会を責めました——ブルジョワ社会は彼にも身代わり山羊だったのです。どうして自分自身を責めなかったのでしょう？　どうして玩具の小箱で遊びつづけることに同意したのでしょう？

斜塔作家たちは、とにかく、その玩具の小箱を窓から投げ捨てる勇気をもっていました。彼は自分自身について真実を、不快な真実を語る勇気をもっていたのです。それは、他の人びとについて真実を語る第一歩なのです。フロイト博士の助けを得て、自分自身を正直に分析することで、これらの作家たちは十九世紀の抑圧から私たちを解放するために多大のことをなしました。次代の作家たちは斜塔作家から完全な状態の精神を受け継ぐでしょう。もはや損なわれたり、回避的だったり、分裂したりしていない精神をです。彼らはあの無意識、この小文の冒頭で、作家が表面の下に入り込み、人びとがひとりでいるときに思い出す何かを書こうとするなら、必要ではないかと私たちが想像した――想像にすぎませんが――無意識を受け継ぐでしょう。無意識というその大きな贈り物にたいして、次代の人びとは、斜塔グループの創造的で正直な自己中心主義に感謝しなければならないでしょう。

次世代は――この戦争、および何であれそれがもたらすものにかかわらず、次世代は存在するでしょう。それでは、私たちが次世代をさっと見やり、すばやく想像をめぐらす時間はありますか？　次世代は、平和が到来するなら、戦後の世代でもありましょう。それもまた二つの世界に足をおいた斜塔の世代――斜めになって、横目で見つつ自己中心的で、自意識に満ちた世代――でなければならないでしょうか？　それとも、塔も階級ももうなくなるでしょうか、そして私たちは、間に生け垣を挟むことなく、共通の地面に立つのでしょうか？

戦後の世界が階級とか塔のない世界だろうと考えさせる、おそらく望ませる理由は、二つあります。一九三九年九月以降に演説をした政治家は一人残らず、私たちはこの戦争を征服しようとして戦っているのではなく、ヨーロッパに新しい秩序を生み出すために戦っているのだ、という熱弁でしめくくりました。その秩序の中では、私たちはみな均等の機会をもち、私たちの才能が何であれ、それを伸ばす平等の機会をもつだろう、と彼らは言うのです。それが階級や塔が姿を消すであろう理由の一つです――彼らが本気でそう言い、それを果たすことができるならですが。

もう一つの理由は所得税によるものです。所得税は、政治家たちが自分たちのやり方でしようと思っていることを、すでにそれなりにやっているのです。所得税は中産階級の親たちにこう言っています。息子さんをもはやパブリック・スクールに進ませる余裕はありませんよ。息子さんは初等学校に入れなければなりません、と。親の一人が一、二週間前、『ニュー・ステイツマン』に投書しました〔一九四〇年四月一三日号にモリー・フォーダムが投書したもの〕。彼女の息子は、ウィンチェスター校〔有名なパブリック・スクールの一つ〕に進学するはずでしたが、初等学校から村の学校に入りました。「息子はこれまでにないくらい楽しい思いをしています」と母親は書いていました。「階級の問題は生じていません。息子は世の中になんとたくさんのさまざまな人がいるかを知って面白がっているだけです……」しかも、その幸せと教育にたいして週二ペンス半払っているだけで、一学期に三五ギニー余り〔パブリック・スクールの一学期分の授業料の額だろう〕を払わずに済んでいるのです。所得税の圧迫が続くなら、階級は消滅するでしょう。上流階級、中産階級、下層階級といったものはもはやなくなるでしょう。すべての階級は一つの階級に融合するでしょう。その変化が、机に向かって人間生活を見ている作家にどう影響するでしょうか？　人間生活はもはや生け垣で分けられなくなるでしょう。私たちが承知しているように、それは小説の終焉となりそうです。文学は、私たちが知っているように、常に終焉に向かいつつあり、再び始まりつつあります。ジェイン・オースティンの世界から、トロロープの世界から、垣根をとりはずしてごらんなさい。そうすれば、彼らの喜劇と悲劇のどれだけが残るでしょう？

私たちは、われらのジェイン・オースティンとわれらのトロロープを惜しむことでしょう。二人は喜劇、悲劇、そして美を提供してくれました。しかし、そうした古い階級の文学は、非常に心の狭い、虚偽の、つまらないものでした。多くはすでに読むに耐えません。階級のない、塔のない世界の小説は、古い小説よりすぐれたものであるべきです。小説家はもっと興味深い人びとを描写できるでしょう――自分たちのユーモア、才能、趣味を伸ばす機会をもっている人びと、本物の人びとを。生け垣によって締めつけられ、つぶされ、目鼻立ちのない多数にされてしまった人びとではなく。詩人が得る利得はそれほどはっきりしません。彼はそれほど生け垣の支配下におかれていなかったからです。それでも、詩人は言葉を獲得するでしょう。私たちがすべてのさまざまな方言を出し合ったとき、省略され閉じ込められた語彙――詩人がいま使えるのはそれだけですが――は、豊かになるはずです。さらに、そのときは詩人が受け入れることのできる共通の信念があり、したがって、詩人の肩から教訓主義や宣伝の重荷は取り除かれるでしょう。私たちが未来の、階級のない、塔のない社会における、より強力な、より変化に富んだ文学を希望をもって待ち受けている理由のいくつかは、ざっと取り上げたところ、こういったものです。

しかし、それは未来のことです。いまは死にかかっている世界と生まれ出ようとあがいている世界とのあいだには橋を架けねばならない深い溝があります。なぜなら、今なお二つの世界、二つの別々の世界があるのですから。「私が欲しているのは」と、先日息子のことで新聞に投書した母親は言っていました、「息子に両方の世界の最上のものを与えることなのです」。つまり、彼女は村の学校――そこで彼女の息子は生きている人びとと交わることを学びます――と、もう一つの学校――ウィンチェスター校ですが――そこで息子は死んだ人びとと交わるのです――の二つを欲していたのです。「息子は国家による無料の教育の制度のもとで続けるべきでしょうか――それとも進むべきでしょうか――戻る、と言うべきでしょうか――本当にとても、とても、私的な古いパブリック・スクール制度に?」彼女は、新しい世界と古い世界、現在の世界と過去の世界が一つになって欲しかったのです。

とは言っても、二つの世界のあいだには依然として溝、危険な溝があります。その溝で、たぶん、文学はガラガラと崩れ、憂き目を見るでしょう。その溝を見ることは容易です。溝をイギリスのせいにするのは容易です。イギリスは少数の貴族階級にラテン語、ギリシア語、論理学、形而上学、数学を詰め込んだので、とうとう彼らは、斜塔の上の青年たちのように、「人間であること、それがぼくの望みのすべてだ」と叫び出しました。イギリスはもう一方の階級――私たちの大半が属しているにちがいない大人数の階級です――には、村の学校で、工場で、仕事場で、小売店で、家庭で、自分なりに知識を得るがままにしておきました。そうした犯罪的不正を考えるとき、イギリスは文学をもつに値いしないと言いたくなります。将軍や提督や実業家が戦いに勝つことや金もうけをすることに飽きたとき、催眠剤として読むような、推理小説、愛国的な歌、社説しか持つ資格がありません。ですが、不公平にはならないでおきましょう。身代わり山羊を狩り立てる、気難しい、くだらない連中に、できることなら、仲間入りするのは避けましょう。ここ何年かイギリスは努力しているのです——ついに——二つの世界に橋を架けようと。その努力の証拠の一つがここにあります——この本です。この本は買ったものではありません。金を払って借りたものではありません。公共の図書館から借り出したものです。イギリスはこの本を普通の読者〔ジョンソンが『すぐれたイギリス詩人の生活』（一七七九―八一）の中で使った表現。ウルフは自分のエッセイ集二巻のタイトルに用いている〕に、「何世紀にもわたって我が国の大学から閉め出してきた君たちすら、いまや母国語を読むことを学ぶべきときなのだ。君たちの手助けをしよう」と言って貸してくれたのです。イギリスが私たちの手助けをしてくれるなら、私たちはイギリスの手助けをしなければなりません。どうやってしますか？　イギリスが貸してくれたこの本に書いてあることを見て下さい。「読者は発見したいかなる欠陥も地区の図書館員に指摘されたし。」これが、次のことを言うときのイギリス式言い方なのです。「本をお貸しする場合は、ご自分を批評家に仕立てられることを期待します。」

　イギリスが貸してくれる本を借りて、それらを批評眼をもって読めば、二つの世界のあいだの溝にイギリスが橋を架けるのを大いに助けられます。私たちは文学を理解できるように自分で学ばねばなりません。金はもはや私たちに代わって考えることをしてくれないのです。誰を教えるか、誰を教えないかを、富がもはや決めることはないでしょう。将来、誰をパブリック・スクールや大学に進ませるか、彼らをいかに教えるか、彼らの書くものが他の仕事から免除してやることを正当化するものかどうかを決めるのは、私たちなのです。それをするために、次のことが区別できるよう自分で学ばねばなりません――喜びという配当金を永久に払ってくれる本はどれか、二年のうちに一ペニーも払ってくれなくなる本はどれかを。新刊書が出版されるたびに、自分でこの区別をしてみて下さい。どれが永続性のある本か、どれが滅びてしまう本か、決めてごらんなさい。とても難しいことです。また、将来、書くことを、これっぽっちの経験しか私たちに与えることのできない裕福な青年から成る小さな階級に、私たちに代わってやらせておくことはしないのですから、私たちは批評家にならねばならないのです。私たちは自分たち自身の経験をつけ加え、自分たち自身の貢献をするのです。それはさらに難しいことです。そのためにも、私たちは批評家である必要があるのです。作家は、その他の芸術家以上に、批評家でなければなりません。なぜなら、言葉は非常にありふれていて、とてもおなじみのものですから、言葉が永続的なものであるためには、作家はそれを篩にかけ、選り分けなければならないからです。毎日、書きなさい。思うがままに書きなさい。でも、自分が書いたものをすぐれた作家が書いたものと常に比べてみましょう。屈辱的な思いをしますが、必須のことです。保存し、創造しようとするなら、それが唯一の道です。そして、私たちは二つながらをやるのです。戦争が終わるまで待つ必要はありません。いま始められるのです。公共の図書館から本を借りることによって、実際的な、平凡なやり方で、始められます。詩、戯曲、小説、歴史、伝記を、古いものも新しいものも、手当たりしだい、同時に読むことによって始められます。試食しなければ、選ぶことができるようになりません。好みのやかましい大食家であろうとしてもだめです。私たち一人ひとりの食欲は、それを満たす食べ物をみずから見つけなければならないのです。私たちが平民だからといって、王様を避けないようにしましょう。それは、アイスキュロスやシェイクスピアやウェルギリウスやダンテの目から見て、致命的な罪です。この人たちは、もし口がきけるものなら――結局は口がきけるのですが――こう言うでしょう、「私を、鬘をつけガウンをまとった連中に任せてはならぬ。自分で私の作品を読みなさい、ぜひ」と。私たちがアクセントをまちがえても、あるいは、目の前に虎の巻をおいて読まねばならないとしても、この人たちは気にしません。もちろん――私たちは平民、よそ者ではありませんか？――私たちはたくさんの花を踏みつけ、年月を経た大量の芝生を傷つけるでしょう。しかし、徒歩旅行者としても知られた著名なヴィクトリア朝人〔ウルフの父・レズリー・スティーヴンのこと〕がかつて徒歩旅行者たちに与えた助言を心に留めましょう。「『侵入者は告発されます』という掲示板を見たらいつでも、ただちに侵入したまえ。」

ただちに侵入しましょう。文学は誰の私有地でもないのです。文学は共有地なのです。国別に分割されていません。そこには戦争などありません。自由に、恐れずに侵入し、自分で自分の道を見つけましょう。そうやってこそ、イギリス文学はこの戦争を通して生き延び、溝を乗り越えるでしょう——私たちのような平民のよそ者が、イギリスという国を自分の国とし、読み、書くすべを、保存し、創造するすべを、みずから学ぶならば。

（ブライトンの労働者教化協会での講演、一九四〇年五月）

空襲下で平和に思いを寄せる

昨夜も一昨夜もドイツ軍の飛行機がこの家〔当時ウルフはサセックス州の小村ロドメルに住んでいた〕の上空を飛んでいきました。今夜もまた飛んでいます。暗闇の中に横たわり、いつなんどき、自分を刺し殺すかもしれないスズメバチの急上昇する爆音に耳をすませているのは、奇妙な経験です。平和について冷静に考えつづけようとするのを妨げる音です。けれども、平和について考えさせるのは、音――祈りや讃美歌以上に――なのです。平和を生み出そうと考えないなら、私たち――このベッドに寝ている肉体ではなくて、これから生まれてくる何百万もの肉体――は、同じ暗闇に横たわり、上空の同じ臨終ののど鳴りのような爆音を聞いているでしょう。丘の上の大砲がぽんぽん発射し、サーチライトが雲をひねくり回し、そして、ときどき、あるときは近くに、あるときは遠くに、爆弾が落ちてくるあいだ、ただ一つの有効な防空壕を作るために、私たちに何ができるかを考えてみましょう。

上空では、イギリス青年とドイツ青年が互いに戦っています。防御する側も男性であり、攻撃する側も男性です。イギリス女性たちには、敵と戦うためにも自衛するためにも、武器は与えられていません。今宵、イギリス女性は武器なしで横たわっていなければならないのです。けれども、もし彼女が、上空で展開している戦いは自由を守ろうとするイギリス人たちと自由を破壊しようとするドイツ人たちとの戦いであると信じるなら、イギリス人に味方して、できるかぎり戦わなければなりません。武器をもたずして、どれだけ自由のために彼女は戦えるのでしょう？　武器や衣服や食料を生産することによってです。けれども、武器なくして自由のために戦うには別の方法があります。知性によって戦えるのです。上空で敵を打ち負かそうと戦っているイギリス青年の助けとなるであろう思想を生み出せるのです。

けれども、思想を効果的なものにするには、それらを発射できなければなりません。思想を行動に移さなければならないのです。上空のスズメバチは、頭の中の別のスズメバチを目覚めさせます。今朝の『タイムズ』紙でぶうんという音がしました——女性の声が、「政治において女性たちは一言も言えない」と言っていたのです。内閣に女性はいないし、いかなる責任ある地位にも女性はいません。思想を効果的なものにする立場にある思想製造者は、すべて男性です。こう思うと、考える気もなえるし、責任を感じたくなくなります。どうして枕に頭を埋めて、両耳に栓をし、何か考え出そうというこの無駄な活動を止めないのでしょう？　将校室のテーブルや会議のテーブル以外にも他のテーブルがあるからです。私たちが、そんなことは無駄なようだからと言って、個々人が考えることや、お茶のテーブルを囲んで考えることを止めてしまったら、イギリス青年に、彼にとって貴重であるかもしれない武器を持たせないままにしてしまうのではないでしょうか？　私たちは、自分たちの能力がきっと罵りや軽蔑に身をさらす羽目に陥らせるからといって、自分たちの無能さを強調していないでしょうか？「私は精神の戦いを止めることはないだろう」〔『ミルトン』（一八〇四—〇八）の序「エルサレム」〕とブレイクは書いていました。精神の戦いとは、時流にそってではなく、時流に逆らって考えることです。

その時流は急速に猛り狂って流れています。拡声器や政治家たちの口から言葉の奔流となって流れ出ています。私たちは自由なる国民であり、自由の擁護のために戦っているのだ、と毎日わめいています。イギリス青年を上空に飛び上がらせ、雲のあいだを旋回させているのは、時流なのです。地上で、屋根に覆われ、ガスマスクを手近にして、ガス嚢《のう》に穴をあけ真理の種子を見つけるのが、私たちの仕事なのです。私たちが自由だというのは真実ではありません。今夜は青年も私たちも双方ともに囚人なのです——彼は銃を手元に飛行機の中に閉じ込められ、私たちはガスマスクを手元に暗闇の中に横たわっています。もし私たちが自由の身なら、外に出て、踊ったり、戯れたり、窓辺に座って話し合ったりするでしょう。何がそうさせないのでしょう？「ヒットラーだ！」と拡声器はいっせいに叫びます。ヒットラーとは誰でしょう？　何者でしょう？

攻撃性、専制、異常な権力欲の権化、と彼らは答えます。あれを滅ぼしなさい、そうすれば君たちは自由になれるでしょう。

ぶうんという飛行機の爆音は、頭上でいま枝を鋸で引いているようです。飛行機は旋回し、家の真上で枝を鋸で引きつづけています。頭の中で別の音がぎいぎい音を立てはじめます。「有能な女性たちは」——今朝の『タイムズ』紙でレディ・アスター〔ナンシー・アスター（一八七九—一九六四）。一九一九年初の女性国会議員になる〕が語っていました——「男性たちの胸中に潜在するヒットラー主義のせいで、抑えつけられているのです。」たしかに私たちは抑えつけられています。私たち——飛行機内のイギリス青年も、ベッドに横たわるイギリス女性も——は、同じように今宵囚われの身なのです。けれども、青年が考えようとして手を止めたら、彼は殺されてしまうかもしれません。私たちも殺されるでしょう。ですから、青年に代わって考えましょう。私たちを抑えつける潜在的ヒットラー主義を、意識の明るみに引きずり出してやりましょう。それは攻撃の欲求、支配し隷従させる欲求なのです。暗闇の中でさえ、それが目に見える形になって見えてきます。ショーウィンドーが明々と照らされ、女たちがじっと見ているのが見えます。化粧を塗りたくった女たち。着飾った女たち、唇を赤く塗り、指の爪を真っ赤に染めている女たち。彼女たちは、人を虜にしようとしている奴隷なのです。私たちが自分たちを奴隷の身分から解放できるなら、男たちを専制政治から解き放つべきでしょう。ヒットラーのような人間は奴隷の存在が生み出すのです。

爆弾が落ちます。窓という窓ががたがた鳴ります。高射砲が活動しています。丘の上に、秋の木の葉の色に見せようと緑と茶色の布を付けた網をかけられて高射砲が隠されています。いま高射砲がいっせいに火を吹きます。九時のラジオで「夜間、四四機の敵機を撃墜。うち一〇機は高射砲の射撃による」と聞かされるでしょう。さらに、平和の条件の一つは、と拡声器は言います、武装解除である、と。将来は、銃も、陸軍も、海軍も、空軍も、もはやなくなるのです。青年たちはもはや武器を手に戦うべく訓練されなくなるでしょう。その声は脳の内部に精神のスズメバチを目覚めさせます――すなわち、別の引用文を狩りだします。「真の敵と戦うこと、赤の他人を射ち殺して不滅の名誉と栄光を手にし、勲章や褒章を胸いっぱいに飾り立てて帰国すること、それが私の最高の望みだ……私のこれまでの人生のすべて――教育も、訓練も、なにもかも――は、このために捧げられてきたのだ……」

これは第一次大戦で戦ったイギリス青年の言葉でした〔フランク・ラッシントンの自伝『青年の肖像』（一九四〇）〕。この言葉を前にして今日の思想家たちは、会議のテーブルで一枚の紙に「武装解除」と書けば、必要なことは全てなし終えると本当に信じているのでしょうか？　オセローの仕事は終わるでしょう〔『オセロー』三幕三場、三五八行〕。けれども、オセローはオセローのままでしょう。上空を飛ぶ若い航空兵は、拡声器の声だけで駆り立てられているのではなく、彼自身の内部の声によって駆り立てられているのです――昔からの本能、教育と伝統によって養成され、温められた本能によって。そうした本能を有しているからといって彼を責めるべきでしょうか？　政治家が列席する委員会の命令で、母なる本能を私たちは消すことができましょうか？　平和条約の中に次のような命令、「出産は非常に少数の特に選ばれた女性にのみ限定されるべきである」があったとしたら、私たちは従うでしょうか？「母性本能は女の栄光である。私のこれまでの人生のすべて——教育も、訓練も、なにもかも——は、このために捧げられてきたのだ……」と言うのではないでしょうか？　しかし、もし人類のために、世界平和のために、出産が限定され、母性本能が抑えられることが必要なら、女性たちはそうするでしょう。男性たちは彼女たちを助けるでしょう。子どもを生むことを拒否したことにたいして彼女たちを尊敬するでしょう。彼女たちの創造力に別の捌け口を与えるでしょう。それもまた私たちの自由獲得の戦いの一部でなければなりません。私たちは、イギリス青年が勲章や褒章への願望をみずからの内部から根こそぎにする手助けをしなければなりません。みずからの内部に巣くう闘争本能、潜在的ヒットラー主義を征服しようとする人びとのために、もっと立派な活動を創り出さなければならないのです。男性が銃を失うことにたいして代償となるものを見つけなければならないのです。

上空で鋸を引く音が大きくなってきました。サーチライトは一つ残らず頭をもたげています。この家の屋根の真上の一点を指しているのです。いつなんどき爆弾がまさにこの部屋に落ちてくるかもしれません。一秒、二秒、三秒、四秒、五秒、六秒……何秒かが過ぎます。爆弾は落ちませんでした。しかし、こうした不安な何秒かのあいだに、すべての思考は止まってしまいました。すべての感情は、鈍い恐れだけをのぞき、止まってしまいました。一本の釘が全存在を一枚の固い板に打ちつけてしまったのです。したがって、恐怖と憎悪の感情は不毛で、創造力をもたないのです。その恐怖が過ぎ去るやいなや、精神は手足を伸ばし、創造しようと努めて本能的に蘇るのです。部屋が暗いので、創造できるのは記憶からだけです。精神は他の年の八月を思い出そうとします――ベイルートで、ワグナーに聴き入ったとき。ローマで、カンパーニャを散策したとき。ロンドンで――。友人たちの声がたち戻ってきます。詩の断片が蘇ってきます。こうした思いの一つ一つは、記憶の中でさえ、恐怖と憎悪から生まれた鈍い恐れより、はるかに建設的で、元気づけ、癒やしをもたらし、創造的でした。したがって、私たちが青年に栄光と銃を失ったことにたいして償ってあげようとするなら、彼を創造的感情に近づけてやらなければなりません。私たちは幸せをつくり出さなければならないのです。彼を飛行機から解放してやらなければならないのです。彼を牢獄から大気の中へ連れ出してやらなければならないのです。けれども、ドイツ青年とイタリア青年が奴隷のままでいるなら、イギリス青年を解放してもなんの役に立つでしょう？

サーチライトは、平地をゆらゆらと横切ったのち、いま飛行機を捉えました。この窓から小さな銀色の虫が光の中で体をひねっているのが見えます。銃がぽんぽん発射されます。そのあと、止みました。おそらく特攻機は丘の背後に撃ち落とされたのです。先日、パイロットの一人がこの近くの野畑に無事に着陸しました。彼は捕獲にきた連中に向かって、なかなか上手な英語で、「戦闘が終わって嬉しいよ！」と言いました。すると、一人のイギリス男性が彼に煙草を与え、一人のイギリス女性が一杯のお茶を飲ませてやりました。その光景は、人間を機械から解放してやれるなら、種子はまったく石だらけの土地に落ちたわけではないことを示しているようです。種子は実るでしょう。

とうとうすべての銃が発砲を止めました。すべてのサーチライトが消されました。夏の夜の自然な暗闇が戻ってきました。田園の害のない音が再び聞かれます。リンゴが一つ地面にドシンと落ちます。ふくろうが、木から木へと飛びながら、ほうほうと鳴きます。うろ覚えの、ある古いイギリス作家の言葉が心に浮かびます。「アメリカの狩猟家たちは起き上がって……」〔サー・トマス・ブラウン（一六〇五―八二）作『キュロスの庭』第五章〕。このまとまりのない小文を、起き上がったアメリカの狩猟家たちへ、機関銃の発砲で眠りを破られたことのない人びとへ送りましょう。ここに書いてあることを、寛大に、あたたかく、考え直し、なにか役に立つものに具体化してくれるだろう、と信じて。では、夜になった半球で、眠りにつきましょう。

（『ニュー・リパブリック』一九四〇年十月二十一日号）

蛾の死

日中飛んでいる蛾は蛾と呼ばれるにふさわしくない。カーテンの陰で眠っている、黄色い後翅の、ごく普通の蛾でさえ、暗い秋の夜やツタの茂みを快く感じさせるのに、昼の蛾はそうした思いをそそらないのである。蝶のように華やかでもなければ、同種属の蛾のように地味でもなく、どっちつかずの生き物なのだ。それにもかかわらず、いま眼の前にいる蛾は、干し草色のふさでふちどられた同色の細い翅をつけ、生きていることに満足しているように見えた。九月半ばの心地よい朝。おだやかで、温和だが、風のそよぎは夏よりは肌に鋭かった。窓の向こうの畑はすでに鋤で耕され、鋤の刃が入ったところは平らにならされ、水気を含んで輝いていた。畑とその向こうの丘陵から元気いっぱいの活力が流れ込んでくるので、眼を書物にきっぱりと据えておくのは難しかった。ミヤマガラスも例年の祝祭の一つを祝っていた。舞い上がって木のてっぺんを飛び回り、まるで無数の黒い結び目のついた大きな網が空中高く投げ上げられたかのようだった。

そして、網がすぐにゆっくりと木の上に落ちると、一つ一つの枝のはじに結び目があるかのようだった。そのあと、突然、網がこんどは前より大きな弧を描いて再び空中に投げ上げられ、けたたましい騒ぎとわめきが響く。まるで空中に投げ上げられ、ゆっくりと木の頂きに落ちていくことが、すばらしく刺激的な経験であるかのように。

ミヤマガラスや農夫や馬、そして、木の生えていない痩せた丘陵さえも（と思われるが）活気づけたエネルギーで蛾も元気づき、四角い窓ガラスの端から端にひらひらと飛んだ。蛾をじっと見つめずにはいられない。実際、奇妙な憐れみの感情を覚えるのだ。その朝、喜びの実現性はあまりにも膨大で、あまりにもさまざまであるように思われたので、蛾の生命《いのち》、しかも一日だけの生命は、苛酷な運命であるように思われ、わずかな機会を十二分に楽しもうとする蛾の熱意は、哀れを誘った。蛾は窓ガラスの隅まで勢いよく飛び、一瞬そこで待ってから、向こう側の隅へ飛んでいった。三番目の隅へ、そのあと四番目の隅へ飛ぶ以外にすることがあろうか？　丘陵は大きく、空は広大で、家々からは遠く煙が見え、海上を行く船からはときどきロマンティックな汽笛が聞こえてくるけれども、それだけが蛾にできることなのだ。蛾はできることをしているのだ。蛾を見つめていると、世界の膨大なエネルギーの繊維——か細いが、純粋な——が、そのもろい小さな体に押し込まれているように思われた。蛾がガラス窓を横切って飛ぶごとに、活気ある光の糸が目に見えるように思われた。蛾は小さく、取るに足りない存在だが、生命だった。

だが、蛾はあまりに小さく、開いた窓から入り込んで、私の脳や他の人間たちの脳の中の数多くの狭い入り組んだ通路を駆け抜けるエネルギーのあまりに単純な形態なので、悲しみをそそると同時にすばらしい何かが蛾に感じられた。あたかも誰かが純粋な生命の小さなビーズをとってきて、それを柔らかい羽毛や羽でできるだけ軽やかに飾り、踊らせたりジグザグ形に飛ばせたりして、私たちに生命の真の本質を見せているかのようだった。こうして見せられると、それの奇妙さが忘れられないだろう。生命が丸くされ、いぼ飾りをつけられ、飾り立てられ、余分に負担をかけられているので、この上なく慎重に重々しく動かねばならないのを見ると、生命についてはすっかり忘れてしまいそうである。また、蛾がなにか別の形で生まれていたら、その生命はどういうものだったろうかと思うと、蛾の単純な動きを一種の憐れみの感情をもって眺めざるを得なくなるのだ。

しばらくすると、踊って疲れたらしく、蛾は日なたの窓台の上にとまった。それで、奇妙な光景は見られなくなったので、私は蛾のことを忘れた。やがて、目を上げると、蛾が目にとまった。蛾は踊りをまたはじめようとしていたが、とても硬直していたか、ひどくぎこちないかで、窓ガラスの下部まで飛んで行っただけだった。ガラスの反対側に飛ぼうとしたが、できなかった。私はほかのことに気をとられていたので、蛾の空しい試みを何気なくしばらく見つめ、無意識のうちに蛾が再び飛ぶのを待っていた。一瞬のあいだ動きを止めた機械が再び動きはじめるのを、止まった原因など考えることなく待っているように。たぶん七回目の試みのあと、蛾は窓台から滑り、羽をぱたぱたさせながら、窓敷居の上に仰向けに落ちた。お手上げといったその様子に私ははっとした。困難な状況に陥っているのだと悟ったのだ。もう身を起こせないようだった。空しく肢をもがいていた。しかし、身を起こすのを助けてやろうとして、鉛筆を差し出したとき、この動けないぶざまさは死が近いことを意味していると分かった。私は鉛筆をまた下に置いた。

肢が再びぱたぱたと動いた。私は蛾が立ち向かっている敵の姿を探すかのように見回した。ドアの外を見た。なにごとが起こったのか？　正午ごろらしく、畑仕事は途切れていた。静寂が少し前の活気に取って代わっていた。鳥は小川に餌を求めて飛び去っていた。馬たちはじっとしていた。しかし、力は依然として存在していた、外に結集して、無関心で、客観的で、とくに何かに注意を向けているでもなく。なんとなくそれは小さな干し草色の蛾と対立するものだった。何かしようとしても無駄だった。この小さな肢が近づく死に逆らって力を振り絞っているのを見つめることしかできない。死は、その気になれば、都市全体を沈めることもできただろう。都市ばかりか、人間の大集団をも。分かっていることだが、死に逆らえるものはない。それにもかかわらず、疲れ果てて動きを止めたあとで、肢は再びぱたぱたと動いた。この最後の抗議はすばらしかった。そして、とても必死だったので、蛾はついに身を起こした。私たちは、もちろん、生命に味方して同情するのである。また、誰一人かまいもしないし、知りもしないのに、取るに足りない小さな蛾が、巨大な力を相手にまわし、他の誰も評価しないし、保持しようとも思わないものを保ち続けようと、こうして力を振り絞るさまは、不思議にも感動的だった。再び、なんとなく、生命を、純粋なビーズを、目にしたのだ。私は鉛筆をまた取り上げた。無益だと分かっていたが。だが、そうしたときにも、死の紛うことなき兆しがあらわれた。蛾の体はぐったりし、すぐさま硬くなった。もがきは終わったのだ。取るに足りない小さな生き物はいま死を知ったのである。死んだ蛾を見ているとき、こんなちっぽけな敵を倒した巨大な力のこの些細な行き掛けの勝利は、私を驚異の念で満たした。数分前は生命が不思議なものであったように、いまは死が同じくらい不思議なものだった。蛾は身を起こしたあと、いま少しも見苦しくなく、不平をこぼすことなく落ち着いて、横たわっていた。そうです、と蛾は言っているようだった、死は私より強いのです。

（『蛾の死』一九四二）

遺贈品

「シッシイ・ミラーへ」ギルバート・クランドンは、妻の客間の小さなテーブルの上に散らばっている指輪やブローチのなかから真珠のブローチを取り上げると、それにつけられた贈呈の言葉を読み上げた。「シッシイ・ミラーへ。愛をこめて」

自分の秘書のシッシイ・ミラーにまで忘れずに贈り物をしていたとは、いかにもアンジェラらしかった。だが妙だな、とギルバート・クランドンはふたたび思った。妻がなにもかもきちんとしておくなんて――友人の一人一人に宛ててなにかしらちょっとした贈り物を残しておくなんて。まるで自分の死を前もって知っていたみたいだ。だが、六週間前のあの朝出かけたとき、妻はまったく健康だったのだ。あの朝、彼女はピカデリーで歩道の縁から歩き出て、車に轢かれてしまったのだ。

ギルバートはシッシイ・ミラーを待っているところだった。来て欲しいと頼んだのだ。シッシイが彼らのもとで長年働いてくれたことを考えれば、こうした心づかいを示すべきだと感じたのだ。たしかに、とギルバートは椅子に座って待ちながら考えつづけた。アンジェラがなにもかもこんなにきちんとしておくなんて妙だな。どの友人にもアンジェラの愛情を示すなにかしらの品物が残されてあった。指輪の一つ一つに、ネックレスの一つ一つに、入子箱の一つ一つに――アンジェラは小箱が大好きだった――贈る相手の名前がつけられていた。彼にはどの品にも覚えがあった。これは彼が妻に贈ったものだ。ルビーの眼のついたこのエナメル製のイルカは、ベニスの裏通りを歩いていた日、妻がとびついて買ったものだ。アンジェラが喜びの小さな叫び声を上げたことを彼は覚えていた。妻はもちろん彼にはとくになにかを残してはいなかった――彼女の日記をのぞけば。緑色の革で装丁された十五冊の日記は彼のうしろにある妻の書き物机に並んでいる。結婚してからずっと、妻は日記をつけていたのだ。彼ら夫婦のあいだにごくたまに――喧嘩とまではいかない、いさかいのたぐいが起こったとき、その何回かはこの日記をめぐってのいさかいだった。妻が日記をつけているときに彼が部屋に入っていくと、彼女はきまって日記を閉じるか、手でその上をおおうのだった。「だめ、だめよ」、と妻は言ったものだ、「わたしが死んだあと――ならね」。だから、妻は日記を遺贈品として彼に残したのだ。妻が生きていたときに夫婦で分かちあわなかったものと言えば、日記だけだった。だが、ギルバートは妻の方が自分より長生きするものと思い込んでいたのだ。アンジェラが一瞬足を止めて、自分がなにをしようとしているのか考えてくれていたら、彼女はいまも生きていただろうに。だけど、あの人は歩道の縁からどんどん歩き出してきたのです、車の運転者は検死の場でそう言った。車を止める間もないくらいでした……このときホールで人声がしたので、ギルバートのもの思いは中断された。

「ミス・ミラーがいらっしゃいました」とメイドが言った。

ミス・ミラーが入ってきた。ギルバートはこれまで自分だけでミス・ミラーに会ったことはなかったし、もちろん、涙にくれている彼女を目にしたこともなかった。ミス・ミラーはひどく悲しんでいた。無理もない。彼女にとってアンジェラは雇い主というだけではすまされない存在だったのだ。友人だったのだ。彼自身にとっては、とギルバートは椅子をミス・ミラーの方に押しやって、おかけ下さい、と言いながら思ったのだが、ミス・ミラーは同じようなたぐいの他の女性たちと見分けがつかなかった。シッシイ・ミラーのような女性は何万人もいる――黒い服を着てアタッシェ・ケースを手にした、冴えない小柄な女性たちだ。しかし、アンジェラは、同情の才能の持ち主だったので、シッシイ・ミラーのなかにありとあらゆる種類の美点を見出していた。分別の化身ともいうべき人よ、とても口数が少なくて。とても信頼できるの、なんだってあの人には話せるのよ、といった風に。

ミス・ミラーは最初言葉が出てこなかった。ハンカチで目を押さえながら座っていた。それから、やっと声を出した。

「失礼しました、ミスタ・クランドン」

ギルバートはなにかもぞもぞとつぶやいた。もちろん彼にはよく分かっていた。当然のことだ。ミス・ミラーにとって妻がどんなに大切な存在だったか想像がつく。

「ここで働かせていただいてとても幸せでした」、ミス・ミラーはあたりを見回しながら言った。彼女の目はギルバートのうしろの書き物机の上で止まった。二人——彼女とアンジェラ——はこの部屋で仕事をしていたのだ。アンジェラは、著名な政治家の妻が果たす廻り合わせのいくつもの義務を果たしていたからだ。ギルバートを仕事の上でいちばん助けてくれたのは彼女だった。彼は妻とシッシイがあの机に向かっているところをよく目にしたものだった——タイプライターの前に座ったシッシイが妻の口述する手紙を書き取っているところを。きっとミス・ミラーもそのことを思い出しているのだろう。いま彼にできることといったら、妻が彼女に残したブローチを手渡すことだけだ。なんとも不似合いな贈り物に思われた。ミス・ミラーにはなにがしかの金か、あるいはタイプライターでも残してやった方がよかっただろうに。だが、とにかく品物はここにあるのだ——「シッシイ・ミラーへ。愛をこめて」。そこで、ブローチを取り上げると、彼は前もって準備しておいた言葉をちょっと添えてミス・ミラーに手渡した。あなたがこれを大切にして下さることは分かっていますよ、と彼は言った。妻がしょっちゅう身につけていたものです……するとミス・ミラーは、ブローチを受けとりながら、彼女もまた言うべき言葉を準備してきたかのように、大切にさせていただきますわ、と答えた……真珠のブローチをつけてもそう不似合いではない洋服を他に持っているのだろうな、とギルバートは思った。ミス・ミラーは職業上の制服のように見える黒い長上着とスカートを身に着けていた。そのとき彼は思い出したのだった――ミス・ミラーがもちろん喪中であることを。彼女も悲劇的な事件に遭遇していたのだ――献身的に愛していた兄が、アンジェラより一、二週間前に亡くなったばかりだったのだ。なにか事故でだったかな？　アンジェラが自分に告げてくれたことしか彼は思い出さなかった。アンジェラは、同情の才能の持ち主なので、ひどく動転していた。そうこう思っているうちにミス・ミラーは椅子から立ち上がっていた。手袋をはめているところだった。押しつけがましいことをしてはならないと彼女が感じていることは明らかだった。しかし、ギルバートは、ミス・ミラーのこれからのことについてなにも触れないまま、彼女を立ち去らせるわけにはいかなかった。どうなさるおつもりですか？　なにかお役に立てることでも？

ミス・ミラーは書き物机をじっと見ていた。彼女がタイプライターに向かっていた机、日記がのっている机を。それで彼女は、アンジェラの思い出に我を忘れて浸っていたのか、お役に立てればという彼の提案にすぐには返事をしなかった。一瞬のあいだ彼の言ったことが分からなかったように見えた。それでギルバートはくり返した。

「ミス・ミラー、どうなさるおつもりですか？」

「私のことですか？　あら、大丈夫ですわ、ミスタ・クランドン」と彼女は言った。「どうか私のことはご心配なく」

経済的な援助はいらないという意味だと彼はとった。そうしたたぐいの提案をするのは手紙の方がいいだろう、と気づいた。いま精一杯できることは、「ミス・ミラー、いいですか、なにかお役に立てることがあれば、喜んで……」と、彼女の手を強く握りしめながら言うだけだった。それから彼はドアを開けた。戸口で一瞬のあいだ、とつぜん思いついたように、ミス・ミラーは立ち止まった。

「ミスタ・クランドン」と彼女は、はじめて彼を正面から見つめながら言った。それでギルバートははじめて、彼女の目のなかに同情に満ちた、だが探るような表情が浮かんでいることに気づいた。「いつでも」と彼女は言った。「お役に立てることがありましたら、どうぞ、奥さまのために、喜んで……」

そう言うとミス・ミラーは立ち去った。彼女の言葉とそれを口にしたときの表情は思いがけないものだった。まるで彼にはミス・ミラーの助けが必要だろうと信じているような、もしくは望んでいるような様子だった。奇妙な、たぶん突飛な考えが、椅子に戻ろうとしたとき、ギルバートの頭に浮かんだ。彼がミス・ミラーのことなど目にも止めなかったこの長い歳月のあいだ、ミス・ミラーは、小説家連中が言うように、彼を愛していたなんていうことがあるだろうか？　姿見に映った自分の姿が、姿見の前を通ったとき、彼の目にちらっと入った。ギルバートは五十歳を越えていた。だが、姿見が示してくれた通り、自分がいまなおとても人目を引く立派な容姿の持ち主であることを彼は認めざるを得なかった。

「シッシイもかわいそうに！」と彼は、半ば笑いながら言った。さっき頭に浮かんだ冗談を妻と一緒に興じることができたら、どんなによいだろうに！　彼は本能的に妻の日記に向かった。手当たり次第に広げると、「ギルバートは」という言葉が目に入った。「とてもすてきに見える。」妻はまるで彼の問いかけに答えているようだった。もちろん、と妻は言っているように思われた、あなたは女をとても引きつける方よ。もちろん、シッシイ・ミラーもそう感じたのだろう。ギルバートは日記を読みつづけた。「私はあの人の妻であることをなんて誇らしく思っていることか！」彼はいつも彼女の夫であることをとても誇らしく思っていたのだった。どこか外で食事をしたときなど、テーブル越しに妻を見やって、この部屋のなかでいちばん美しい女だと、何度独りでつぶやいたことだろう。彼は日記を読みつづけた。彼がはじめて国会議員に立候補した年。二人は彼の選挙区を回った。「ギルバートが腰を下ろすと、すさまじい拍手が沸き起こった。全聴衆が立ち上がって、『あいつはとてもいい奴だから』と歌った。私はすっかり圧倒されてしまった。」ギルバートもあのときのことを覚えていた。妻は壇上で彼の横に座っていたのだ。妻が自分に向けた視線がいまでも目に浮かぶ。それから彼女の目に涙が浮かんでいたことも。それからどうなったのだ？　彼は日記の頁をめくった。二人はベニスに出かけていた。選挙のあとのあの楽しかった休暇を彼は思い出した。「私たちはフロリアンでアイスクリームを食べた。」ギルバートは微笑んだ――彼女はまだこんなに子どもっぽかったのだ、アイスクリームが大好きだったな。「ギルバートはベニスの歴史をとても興味深く話してくれた。彼の話では、総督たちが……」、こうしたことを妻は女学生のような筆跡で書き記していた。アンジェラと一緒に旅行をして楽しいことの一つは、彼女が熱心にものを知りたがることだった。私はほんとになにも知らないのよ、と彼女は口癖のように言っていた、まるでそれが彼女の魅力の一つではないかのように。それから――ギルバートは次の日記を広げた――二人はロンドンに戻ったのだ。「私はよい印象を与えたかったので、ウェディング・ドレスを着た。」年老いたサー・エドワードの隣の席に座っている妻の姿が、ギルバートの目に浮かんだ。彼の上司であるあの手に負えない老人にすっかり気に入られている妻の姿が。ギルバートは日記にすばやく目を通し、妻の断片的な記述のあれこれからいろいろな場面を次々に埋めていった。「下院で晩餐……ラヴグロヴ家のパーティに行く。ギルバートの奥さまとしての責任を感じていらっしゃる？　とレディ・Lに訊ねられた。」そのあと年が経つにつれ――彼は書き物机から次の日記を取り上げた――彼は仕事にますます没頭していった。それで妻の方は、当然の成り行きだが、ひとりでいることが以前より多かったのだ。彼女は、二人のあいだに子どものないことをとても悲しんでいたらしい。「ギルバートに息子があったらいいのに！」と日記に書かれていた。奇妙なことに彼自身は子どものいないことをあまり残念には思っていなかった。生活はそれなりにとても充実していて、とても満たされていたのだ。あの年、彼は政府内でさほど重要ではない地位を得た。たいした地位ではないのに、妻はこう意見を述べている。「きっと彼は首相になるわ！」そうだな、事態がちがった風に展開していたら、そうなったかもしれないな。彼はここで読むのを止め、どうなっただろうかと想像をめぐらせた。政治は賭けだ、と思った。だが、賭けはまだ終わっていない。五十歳では終わっていないのだ。彼は、こまごまとしたこと、妻の生活を織りなしていた取るに足らない、幸せな、日常の小さなことがいっぱい書かれている頁にすばやく目を走らせた。

彼は別の一冊を取り上げて、行き当たりばったりに広げた。「私はなんて臆病者かしら！　またチャンスを逃がしてしまったわ。だけど、あの人には考えなければならないことがたくさんあるのに、自分のことであの人をわずらわすのは身勝手なように思われたのだ。それに、二人だけで夜を過ごすことはめったにないし。」これはどういう意味だ？　ああ、分かった——イースト・エンドでの妻の仕事のことを指しているのだ。「勇気を奮い起こして、とうとうギルバートに話した。彼はとてもやさしく、とても寛大だった。なにも反対しなかった。」あのときの会話を彼は思い出した。自分はとても怠惰な生活を送り、まったく能無しのような気がする、と妻は言ったのだった。なにか自分の仕事をもちたいの。なにかしたいの——ほかの人の手助けになりたいのよ、彼女があの椅子に座ってそう言いながら、とても可愛らしいそぶりで顔を赤らめたことを思い出した。ギルバートは妻を少し冷やかしたのだった。ぼくの面倒を見たり、家のことをとりしきったり、することは十分あるんじゃないかね？　だけど、そうした方が楽しいなら、もちろん反対しないよ。なにをしたいの？　どこかの地区を受け持つの？　なにか委員会に出席するのかい？　ただ病気にならないようにしてもらわなくてはね。その結果、水曜日ごとに彼女はロンドン東部の地区ホワイトチャペルに出かけているらしかった。そうした際に妻の着る洋服が自分の気に入らなかったことを彼は思い出した。しかし、妻はその仕事をとても真面目に受け止めているようだった。日記には次のような仕事の話題がたくさん書かれていた。「ミセス・ジョーンズに会った……十人の子持ちで、ご亭主は事故で片腕をなくしたという……リリイに仕事を見つけてあげるのに全力を尽くした。」ギルバートは飛ばし読みをした。彼自身の名前が出てくることはだんだん少なくなってきた。彼の興味は薄れてきた。日記の内容のなかにはぜんぜん分からないこともあった。たとえば、「B・Mと社会主義について激論を交わした」。B・Mってだれだ？　このイニシャルにあてはまる人間が思い当たらなかった。妻が委員会の一つで顔を合わせた女の人だろう、と思った。「B・Mは上流階級を激しく攻撃した……会合のあとB・Mと一緒に歩いて帰り、彼に分からせようとした。でもあの人はとても考え方が狭い。」すると、B・Mは男なんだな――きっと、自称「インテリ」の一人だな。アンジェラの言う通り、ひどく過激で、とても考え方の狭い連中だ。妻はこの男を招いたようだった。「B・Mが食事に来る。なんと彼はミミイと握手をした！」その感嘆した調子は、この人物の特徴をさらに浮かび上がらせた。B・Mは小間使に接し慣れていないようだな。ミミイと握手したんだな。おそらくこの男は、ご婦人方の客間で自分の意見を吹聴するいくじのない労働者の一人なのだろう。そういうタイプの男をギルバートは熟知していた。それで、B・Mがだれにせよ、その見本のような男を好きにはなれなかった。ここにもその男のことが書かれている。「B・Mと一緒にロンドン塔に出かけた……革命はかならず起こると彼は言う……私たちは愚者の楽園に住んでいるのだと言った。」まさにB・Mが言いそうなことだ――ギルバートはその男の言うことが耳に聞こえるようだった。その姿もはっきりと目に浮かぶ――もじゃもじゃの顎鬚をのばし、ああした連中がきまって身に着けているツィードの服を着て、赤いネクタイをしめた、ずんぐりした小男。生涯に一日も、まともな仕事をしたことのない奴だ。アンジェラにはこの男を見抜く分別がまちがいなくあるだろうな？　ギルバートは読みつづけた。「B・Mは……についてとても不快なことを言った。」名前の部分が注意深くかき消されてあった。「……の悪口をこれ以上聞く耳をもちません、と彼に言ってやった。」また名前の部分がかき消されていた。おれの名前だったのだろうか？　だからアンジェラはおれが部屋に入っていったとき、あんなにも急いで頁を手でおおったのだろうか？　そう思うと、B・Mがますます嫌いになってきた。この男はおれの家の部屋で厚かましくもおれのことをあれこれ論じていたのだ。なんだってアンジェラは話してくれなかったのだろう？　なんにせよ隠すなんて彼女らしくなかった。正直そのものといった人間だったのに。ギルバートは日記の頁をめくって、Ｂ・Ｍの名前が出てくる箇所を拾い読みした。「Ｂ・Ｍは子どもの頃の話をしてくれた。お母さんは雑役婦として働いていた……それを考えると、こんなに贅沢な暮らしをつづけるのが耐えられない……帽子一つに三ギニーも遣うなんて！」妻が難しくて理解できないような問題でかわいそうに小さな頭を悩ませたりしないで、自分とそのことを話し合ってくれさえしていたら！　彼は妻にいろいろな書物を貸したことがあった。カール・マルクスなど。「来たるべき革命」。Ｂ・Ｍのイニシャルはなんどもくり返し出てくる。だけど、略さない氏名がなぜ出てこないんだ？　イニシャルで呼ぶのは、アンジェラらしくない打ちとけぶり、親密ぶりが感じとれる。彼女は面と向かってＢ・Ｍと呼んでいたのだろうか？　ギルバートは読みすすんだ。「食事のあとでＢ・Ｍが思いがけなく訪ねてきた。幸いなことに、私ひとりだった」。ほんの一年前の日付だった。「幸いなことに」――なぜ幸いなことなんだ？――「私ひとりだった。」おれはその夜どこに行っていたんだろう？　ギルバートは自分の日程帳でその日を確かめてみた。ロンドン市長官邸で晩餐があった夜だった。それではＢ・Ｍとアンジェラは二人だけであの夜を過ごしたんだな！　ギルバートはあの夜のことを思い出そうとした。帰宅したとき、妻は起きていて彼を待っていたのだったかな？　部屋はまったくいつもの通りだったかな？　テーブルの上にグラスがあったかな？　椅子と椅子が近づけられていたかな？　なにも思い出せなかった――まったくなにも、ロンドン市長官邸での晩餐で自分が演説をしたことのほかはなにも思い出せなかった。全体の状況が、彼にはますます不可解になってきた――妻が見知らぬ男をひとりで迎え入れているなんて。きっと次の日記を読めば分かるだろう。彼は急いで最後の日記に手を伸ばした――妻が死んで、書き終えないままになっている一冊に。最初の頁にまたあいつのことが出てきた。「B・Mと二人だけで食事をした……彼はとても興奮した。お互いが理解し合っていいときだと言った……私の言うことになんとか耳を傾けさせようとしたけど、耳を貸そうとしない。私が……しないなら、と脅す。」頁の残りの部分は線を引いて消されていた。「エジプト、エジプト、エジプト」と頁全体に書かれていた。ギルバートには一言も分からなかった。しかし、解釈は一つしかない。この悪党は妻に情婦になってくれと頼んでいたのだ。おれの家の部屋で二人だけで！　ギルバート・クランドンの顔に血がさっと上った。彼は頁を手早くめくった。妻はなんと答えたのだろう？　イニシャルは出てこなくなった。もう「彼」とだけ書かれている。「彼はまた訪ねてきた。私はなにも決められないと言った……私をこのままにしておいて欲しいと頼んだ。」この男は現にこの家で妻に迫ったのか？　だけど、なんだって妻は話してくれなかったんだ？　どうして一瞬でもためらったりしたのだろう？　そのあと、「彼に手紙を書いた」と書かれてあり、つづく何頁かは白紙だった。そのあと、こう書かれていた。「私の手紙に返事がこない。」なにも書かれていない頁がさらにつづいたあとで、次の言葉があった。「彼はやると脅していたことをやってのけた。」そのあと——そのあと、どうなったのだ？　ギルバートは次々に頁をめくった。どの頁もみな白紙のままだった。だが、妻の死の前日に、次のように書かれている。「そうする勇気が私にもあるだろうか？」それで日記は終わりだった。

ギルバート・クランドンは日記をそっと床の上に置いた。妻の姿が目の前に浮かんだ。彼女はピカデリーで歩道の縁に立っている。目をすえ、こぶしを握りしめて。車が走ってくる……

ギルバートは耐えられなかった。真実を知らねばならない。彼は大股で電話に近づいた。

「ミス・ミラー！」返事はなかった。やがて部屋のなかでだれかが動く気配がした。

「シッシイ・ミラーです」——返事をするシッシイの声がようやく聞こえた。

「B・Mってだれだね？」と彼はどなった。

シッシイのマントルピースの上で安物の時計がかちかち言う音が聞こえた。それから深いため息が。とうとう彼女は言った。

「私の兄です」

男はシッシイの兄だったのだ。自殺した兄だったのだ。

「なにか私に説明できることでも？」とシッシイ・ミラーの訊ねる声が聞こえた。

「ないね！」と彼は叫んだ。「なにもないね！」

ギルバートは彼に残された遺贈品を受け取ったのだった。妻は真実を語ったのである。彼女は歩道の縁から歩き出て、恋人のあとを追ったのだ。妻は歩道の縁から歩き出て、ギルバートのもとから逃げ去ったのだ。

（一九四〇）

「笑顔がとても愛らしい娘さんでしたわ」とメアリー・ブリッジャーは言った――考えこむように。ある夜ふけ、ブリッジャー夫妻とバゴット夫妻は、暖炉を囲みながら、昔なじみの友人たちのことを話し合っていたのだ。いま話題にあがったヘレン・フォリオットは、笑顔が愛らしい娘だったが、消息が分からなくなっていた。彼女の身に何が起こったのか、四人の誰も知らなかったのである。どうやら災難に出会ったらしい、と聞いていたが、あの娘は災難に出会うだろうと常々思っていた点で、四人は一致していた。そして、奇妙なことに、誰もヘレンのことを忘れていなかったのである。

「笑顔がとても愛らしい娘さんでしたわ」とルーシー・バゴットはくり返した。

それから四人は人間社会の営みのわけの分からなさについて論じはじめた――のるかそるかは五分五分の見込みだとか、あることを覚えていたり忘れたりするのは何故かとか、些細なことが大きく響くものだとか、毎日会っていた人たちが、とつぜん別れ、二度と会うことなく終わってしまうとか。

そのあと、四人は口をつぐんだ。それで口笛が聞こえたのだ——汽笛か、それともサイレンか？——遠くからのかすかな口笛がサフォーク州の平坦な野原を伝わり、やがて小さく消えていった。その音色は、ともかくもバゴット夫妻に、何かを思わせたにちがいない。ルーシーが、夫を見つめて、「あの子は笑顔が愛らしかったわ」と言ったからだ。夫はうなずいた。「死を目前にして、にっと笑う子犬を、溺死させたりはできませんな」と彼は言った。誰かのせりふを引用しているように聞こえた。ブリッジャー夫妻はけげんな顔をした。「うちの犬のことですの」とルーシーは言った。「お宅の犬の話を聞かせてください」とブリッジャー夫妻は言った。二人とも犬好きだったのだ。

トム・バゴットは最初はにかんでいた——度を越した感じ方をしていると分かっている人間がはにかむように。彼はまた、これは話ではなく、性格研究である、と抗議した。それに、お二人は自分のことを感傷的だと思うだろう、と言った。だが、ブリッジャー夫妻は話して欲しいとせっついた。そこでトムは、即座に話しはじめたのである——「『死を目前にして、にっと笑う子犬を、溺死させたりはできませんな』。年老いたホランドのせりふですよ。あの雪の夜、子犬を天水桶の上にかざして、言ったことです。ホランドは、ウィルトシャーの農場経営者ですがね。

彼はジプシーたちの気配を聞きつけました――つまり、口笛を耳にしたんです。ホランドは、犬用の鞭を手にして、雪のなかに出ていきました。ジプシーたちは姿を消していました。ただ何か置いてあったのです。くしゃくしゃに丸めた紙が垣根に引っ掛かっているように見えました。ところが、バスケット――女たちが市場に持っていくような、い草編みのバスケットだったんです。その中に、小さな子犬が、追っかけてこないように、縛りつけてありました。ジプシーたちは子犬のために大きな厚切りのパンとよった藁を少し残していきました。「ジプシーたちは子犬が殺せなかったんだって。」

「それで分かったんですよ」、ルーシーは口を挾んだ。「ジプシーたちは子犬が殺せなかったんだって。」

「ホランドも殺せなかったんですよ」、トム・バゴットは話を続けた。「ホランドは子犬を天水桶の上にかざしたんです。すると――」、トムは上唇の上にちょぼちょぼと生えた灰色の口髭を持ち上げて言った。「子犬は、彼の顔を見てこんな風ににっと笑ったんですよ、月の光に照らされてね。それでホランドは子犬を見逃してやりました。みじめったらしい、雑種の雌犬でしてね。まさしくジプシー向きの犬です。フォックステリアの血が半分、あとの半分は何の血か分かったものじゃありません。これまで十分な食事などしたことがないような様子でね。毛といったら、ドアの靴ぬぐいのようにもじゃもじゃでね。だけど、具わっていたんですよ――何と言ったらいいでしょう、よくないとは思いながら、日に何度となく人を許してしまうときのことを？　魅力がある？　個性がある？　何にせよ、この子犬にはそうしたものが具わっていたんですよ。さもなければ、ホランドがなぜこの犬を飼ったりしますか？　そうじゃありませんか。こいつはホランドにたいへんな思いをさせたんですよ。近所中を彼の敵にまわしてしまいました。近所の鶏を追っかけるんです。羊を悩ませるんです。ホランドは何度となく子犬を殺そうとしました。でも、どうしてもできなかったんです――とうとう、こいつは猫を、細君のお気に入りの猫を、殺してしまったんです。そこで、もう一度ホランドはこいつを庭に連れ出して、塀にもたれさせ、引き金を引こうとしました。すると、また――こいつはにっと笑ったんです。死を目前にして、にっと笑ったんですよ。結局、ホランドは引き金を引くことができませんでした。そこで、肉屋に子犬を委ねたんです。肉屋なら自分たちにはできないことをやらなければならない。その時――ふたたびチャンス到来なんです。それなりに、ささやかな奇跡ということでしょうね。まさにその朝、私たちの手紙が届いたんですよ。まったくの偶然でしょう、どう見ようとね。私たちは当時ロンドンに住んでいました――コックを雇っていたのですが、年老いたアイルランド女でしてね、鼠の物音がするって言い張りましてね。腰板のなかに鼠がいるって言うんです。こんなところにはもう一晩だって眠れないとかなんとか言うんですよ。これもまた偶然のことですけど――私たちはあの地方で一夏過ごしたんですが――ホランドのことを思い出しましてね、手紙を書いて、売ってもらえる犬が手もとにないか、鼠をつかまえるテリアがいいが、と訊ねてやったんです。

郵便配達人が肉屋に出会い、肉屋がその手紙を配達したってわけです。そういうわけで、かろうじてジプシーはまた救われました。喜んでましたよ、間違いなくね――ホランド爺さんはね。爺さんは子犬に手紙をつけて汽車にぽいっとのせました。『見てくれで損してますが』とバゴットは手紙の文句をまた引用した。『まちがいなく、しっかりした犬です――すばらしくしっかりしてます。』私たちはその犬を台所のテーブルの上にのせました。あれ以上にみじめったらしい犬なんて見たことがありません。『これが鼠をつかまえるですって？　鼠の方がこれを食べてしまいますよ』と年老いたビディは言ったんです。でも、その種の話は二度と耳にしませんでした。」

ここでトム・バゴットは話を止めた。話しにくい箇所にさしかかったように思われたのだ。なぜ女に惚れてしまったのかというのは、男にとって話しにくいことである。だが、雑種のテリアにどうして惚れてしまったかというのは、もっと話しにくいことだ。しかし、まさにそうなったのだ――この子犬はなんとも言いがたい魅力でトムを魅了してしまったのだ。トムが話しているのは恋物語なのである。なにかトムの声の調子からメアリー・ブリッジャーにはそれが分かったのだ。トムはあの笑顔が愛らしい娘、ヘレン・フォリオットに惚れていたのではないかしら、というとんでもない考えがメアリーの心に浮かんだ。とにかくトムはヘレンの話と犬の話を結びつけたのだ。すべての話は結びついているんじゃないかしら、とメアリーは自問した。それで、トムの話を一、二箇所ばかり聞き逃してしまったのである。メアリーが聞き耳をたてると、バゴット夫妻はおかしな些細な話を思い出して話しているところだった。話したくないようなことなのだが、とても重要な話なのである。

「あいつはみんな自分でやったんです」、トムがそう言っているところだった、「なに一つ教えたわけではありません。それなのに、毎日なにか新しいことをして見せるんですよ。ちょっとした芸当を次々にね。手紙を口にくわえて私のところに運んできます。そうかと思うと、ルーシーがマッチをすると、それを消したりね」――トムは拳でマッチを消す仕種をした――「こうやってね。剝き出しの足でね。あるいは、電話が鳴ると、吠えるんですよ。『くそくらえ、電話のベルめ』って明らかに言ってるんです。それから人が訪ねてくると――いいですか、私たちの友人を、まるで自分の友人であるかのように、判断するんですよ。『ずっと居ていいですよ』――という時は、ジャンプして手をなめるんです。『いや、お帰りください』という時は、まるで送り出すかのように、戸口まで走っていくんです。しかも絶対に訪問者の見分け方を間違えませんでした。人間に負けないくらいの判断力でしたよ。」

「その通りですわ」とルーシーは夫の話を認めた。「しっかりした犬でした。でも」と付け加えた。「みんなにはそれが分かりませんでした。それでなお、この犬が好きになるんですの。私たちにヘクターを下さった方がいましたね。」

バゴットが話を引き取った。

「ホプキンズっていう男ですよ」と彼は言った。「職業は株式仲買人でしてね。サリィ州に少しばかり地所を持っているのをたいそう自慢にしていました。お分かりでしょう——スポーツ新聞にのっている写真みたいに、半長靴とゲートルに身を固めて、という奴ですよ。あの男には馬のことなど何も分かっていない、と思いますね。だけど、この男が、『そんなみじめったらしい雑種犬を飼っているなんて、見ていられない』って言ってね。」バゴットはまた男の言葉をそっくりそのままくり返した。その言葉には明らかにあてこすりがこめられていた。「そこでホプキンズはずうずうしくも私たちに犬をプレゼントしてくれたんですよ。ヘクターという犬です。」

「赤いセッター犬でした」とルーシーは説明した。

「尻尾が銃口掃除用の槊杖《さく》みたいに真っ直ぐで硬くてね」、バゴットは話しつづけた、「系図つきなんですが、その系図の長さときたら、腕の長さくらいありました。うちの雑種犬——ジプシーって言うんですが——は、すねたってよかったかもしれませんよ。新しい犬がやってきたことを悪くとったってね。だけど、あいつは分別のある犬でした。けちな根性なんてこれっぽっちもありませんでした。お互い好きなように暮らすさ——いろんな奴がいて世の中は成り立っているんだ。それがあいつのモットーでした。連中を大通りで見かけるんですよ——腕と腕を組んでね、つまり、一緒に小走りしているってことですが。ジプシーはヘクターに一つ二つなにか教えてやったと思いますよ……」

「ヘクターを正当に扱ってやってね。あの犬は完璧な紳士でしたよ」とルーシーが口をはさんだ。

「ここが少し足りなくてね」、額を軽く叩きながら、トム・バゴットは言った。

「でも、お行儀は申し分ありませんでしたよ」とルーシーは主張した。

犬の話をするくらい、人の性格がもろに出るものはないわ、とメアリー・ブリッジャーは思った。もちろんルーシーは紳士どのの肩をもち、トムはレディどのの肩をもった。だが、雌犬の魅力は、同性に厳しくなりがちなルーシーさえも征服してしまったのである。だから、この雌犬にはどこか人を引きつけるところがあったにちがいない。

「それでどうなりましたの？」とメアリーはバゴット夫妻を促した。

「万事順調にいきました。私たちは幸せな一家でしたよ」とトムは話をつづけた。「折り合いよくいっていました。ところがね――」、ここでトムはためらった。「考えてみれば」と出し抜けに言った。「自然の理法は責められませんよ。ジプシーは年頃でした――二歳でしたからね。人間でいうとどうなるかな？　十八歳か、二〇歳でしょうかね？　元気いっぱいでね――ふざけるのが好きで――あの年頃だったら当然ですけどね。」彼は話を止めた。

「ディナー・パーティのことを思い出してるんでしょう」とルーシーは夫を助けた。「ハーヴェイ・シノット夫妻が晩餐にいらした夜のことですわ。一月十四日――つまり」、彼女は奇妙な微笑みを浮かべて付け加えた。「聖バレンタインの日でした。」

「私の地方ではつがいになる日って言うんですよ」とディック・ブリッジャーは口をはさんだ。

「そうだったんです」とトム・バゴットは再び話をはじめた。「聖バレンタインの日でした――この聖人は愛の神さまでしたかね？ そう、ハーヴェイ・シノットという夫妻がうちの晩餐に来たんです。はじめて会う人たちでした。会社関係の人たちですが。」（トム・バゴットはリヴァプールの大きな工学技術会社ハーヴェイ・マーシュ・アンド・カッパード社のロンドン地区共同経営者だった。）「格式ばった晩餐でした。私たちのような素朴な人間にとっては、ちょっとした試練でしてね。私たちはこの夫妻に歓待の気持ちを表わしたかったのです。最善を尽くしました。この人は」、と彼は妻を指さした。「かぎりなく労を惜しまなかったんですよ、何日も前から大騒ぎでした。すべてがきちんと片づいていなければならないわけですよ。ルーシーの気質をご存じでしょう……」トムは妻の膝を軽く叩いた。メアリー・ブリッジャーはルーシーの気質をよく知っていた。食卓が整えられ、銀器はぴかぴかで、すべてが、トムの言うように、大切なお客のために「きちんと片づいている」さまが目に浮かんだ。

「この晩餐は一流のもので、どんな間違いもあってはならない、というわけですよ」、トム・バゴットは話しつづけた。「少しばかり堅苦しくてね……」

「奥様は」とルーシーは口をはさんだ。「私たちとお話しなさりながら、『これはいくらぐらいかしら？　これは本物かしら？』って考えていらっしゃるような方なの。それに、とても着飾っていらっしゃるし。なんてすばらしいんでしょう、とおっしゃっている時でしたわ――晩餐が半ば過ぎたころでした――ご夫妻はいつものようにリッツだったか、カールトンだったかにお泊りだったんですが――静かな、こじんまりとしたお食事の席は、とても素朴で、とても家庭的で、とおっしゃるの。とてもほっとしますわ、と……」

「奥さんがそう言ったとたん」、バゴットが割り込んできた。「爆発するような音がしたんですよ……テーブルの下で地震が起こったようなね。ばたばた、きいきいという音がして。それで奥さんは立ち上がったんです、こんなに……」と彼は大きくふくらんだ夫人の姿を示そうと両腕を広げ、「飾り立てた姿でね」と思い切って言うと、「そして、『なにかが私を噛んでますわ！　噛んでますわ！』と叫んだんですよ」ときいきい声を真似した。「私はテーブルの下にもぐってみました。」（トムは椅子のすそひだの下をのぞいた。）「なんと、あいつが！　いたずら者が！　奥さんの足もとの床で――産んでいたんですよ！――子犬を産んでいたんですよ！」

思い出すと、たまらなかった。彼は椅子にのけぞって、体を揺すって笑った。

「それで」、トムは話をつづけた。「ナプキンで二匹をくるんで、外に持って出ました。（ありがたいことに、子犬は死んでいました。ぴくりともせずにね。）私はジプシーに事実を突きつけてやりました。死んだ子犬を鼻の下に押しつけてやりました。裏庭でね。月の光が輝く、星空のもとでね。あいつを、半殺しになるまでなぐってやってもよかったでしょう。だけど、どうしてなぐれますか、にっとする奴を……」

「品行にもかかわらず?」ディック・ブリッジャーはそれとなく言った。

「そうお取りになるならね」とバゴットは微笑んだ。「だけど、ジプシーの元気さといったら! たいへんなものだ! あのおてんば娘といったら、猫を追って裏庭を駆け回るんですよ……いや、私にはなぐれませんでした。」

「それに、ハーヴェイ・シノット夫妻はこのことで少しも気を悪くなさいませんでした」とルーシーは付け加えた。「それで座が打ち解けましたのよ。そのあと私たちはよいお友達になりましたの。」

「私たちはジプシーを許してやりました」とトムはつづけた。「二度としてはならん、と言ってやりました。そして、二度としなかったのです。二度とね。だけど、他のことがいろいろ起こりました。たくさんのことがね。次から次へお話しできますよ。だけど、実のところ」と彼は頭を振って言った。「話なんて信用してません。犬には、私たち人間と同じように、個性がありま す。その個性は、私たちの個性と同じように、口にすることや、あらゆる種類のちょっとしたことで、分かるものですよ。」

「気がつくと、自分に訊ねているんですね、部屋に入ったときに——馬鹿なこと言ってるようですけど、ほんとのことなんです」、ルーシーは付け加えた。「ジプシーはなぜそんなことをしたのかしら、とね。まるでジプシーが人間であるかのように。犬ですから、こちらが想像をめぐらさなければなりませんわ。ときどき想像がつきませんの。たとえば、羊肉の足の部分のことです。ジプシーはそれを晩餐のテーブルの上から取って、笑いながら前足で押さえているんです。ふざけているつもり？　私たちに迷惑をかけて、ふざけているわけ？　そう思えるんです。それで、ある日、ジプシーにいたずらしてやろうと思いました。ジプシーは果物が大好きなんです――生の果物、リンゴとか、プラムなど。芯のあるプラムを与えました。芯をどうするかな、と思ったんです。私たちの感情を傷つけまいと、いいですか、ジプシーはそのプラムを口にくわえていました。それから、私たちが見ていないと思って、芯を自分の水飲み用ボールに落とし、尻尾を振り振り戻ってきたんです。まるで、『これは私の勝ち！』って言っているみたいに。」

「そうなんですよ」とトムは言った。「ジプシーは私たちにお説教してくれたわけです。しばしば疑問に思いましたよ」と彼は言葉をつづけた。「あいつは私たちを何だと思っているんだろうってね――暖炉の前の敷物の上の半長靴や使い捨てたマッチのあいだに座ってね。ジプシーの世界ってどんな世界なのかな？　犬はわれわれ人間が見るものを見ているのかな、それとも何か違うものを見ているのかな？」

四人も半長靴や使い捨てたマッチに目を落とし、一瞬のあいだ赤々と燃えて空洞になった石炭や黄色い炎を、犬の目で覗き込もうとした。だが、答えは分からなかった。

「二匹はそこで寝そべっているんですよ」とバゴットはつづけた。「ジプシーは暖炉のこっち側、ヘクターはあっち側にね。それぞれまったく異なる奴たちなんですよ。生まれと育ちが違うんですよ。ヘクターは貴族で、ジプシーは庶民の犬というわけです。母親はよそから色々なものをくすねてくる奴で、父親はどこの馬の骨か分からず、飼い主はジプシーという犬だったら、当然でしょうな。二匹を一緒に連れて出ますとね、ヘクターの方は警官みたいにとりすまして、法と秩序を守る側なんですよ。ジプシーの方は柵を飛び越したり、堂々たるあひるを脅したりするんですよ。いつもカモメの味方でした。自分と同じ浮浪者のカモメのね。私たちがジプシーを連れて川ぞいを歩くと、人びとがカモメに餌をやってるんですよ。『魚の切れっ端を食べるな』ってジプシーは言うんです。『遠慮することはないよ。』なんと、カモメの一羽に自分の口から口移しに食べさせてやってるのを見たんですよ。だけど、ジプシーはわがままな金持ち連中にはがまんできませんでした――パグ犬とか、小型愛玩犬とかにはね。どうもジプシーとヘクターは暖炉の前の敷物に寝そべりながら議論を交わしたようですな。驚いたことに、ジプシーは筋金入りの保守派だったヘクターを転向させたんですよ。私たちはもっと分別があるべきでした。自責の念にしばしば駆られましたよ。だけど、こうなってしまって――終わってしまえば、ああやれば防ぐことができたのに、と言うのは容易ですけどね。」

なにか取るに足らない悲劇——彼の言うように、防ぐことができたはずの——だが、聞いている者には、一枚の葉が落ちたとか、蝶々が溺死したとか、といったたぐいとしか思えないような悲劇——を思い出しているかのように、トムの顔に影がさした。ブリッジャー夫妻は何だって聞くつもりで、顔を向けた。きっとジプシーは車に轢かれたのだろう、それとも盗まれたのかな。

「愚か者のヘクターのせいですよ」とバゴットはつづけた。「見てくれのいい犬というのは、私は好みませんね」と説明した。「連中は悪くはないのですが、個性がないんですよ。ヘクターは焼き餅を焼いていたのかもしれません。何が自分に適しているかがジプシーのように分かっていなかったのです。ただジプシーがしたからというだけで、自分もそれより一枚上手をいってやろうとするんですよ。つまり——ある天気のいい日、ヘクターは庭の塀を飛び越えて、隣の家の温室を突き破り、ご老人の両足のあいだを突き抜けて、車にぶつかったんです。自分はどこもけがしなかったんですが、ボンネットをへこませてしまいました——その日ヘクターが仕出かしたことの後始末に、私たちは五ポンド一〇シリング払い、警察裁判所に出頭する羽目になったわけです。これはみなジプシーのせいなんですよ。ジプシーがいなかったら、ヘクターは老いた羊のようにおとなしくしていたでしょう。そうなんですよ、二匹のうちのどちらかを手放さなければなりませんでした。厳密に言えば、ジプシーを手放すべきだったでしょうね。だけど、こんな風に考えてください。女中が二人いたとしますね。二人とも抱えてはいられない。一人は容易に勤め口が見つかるだろう。だけど、もう一人は——どこにいっても通用するとは限らない、失業するかもしれず、苦境におちいるのではないか、というとき、あなた方だってためらわずに——私たちがしたようにするでしょうよ。私たちはヘクターを友人に譲って、ジプシーを手元におきました。不公平なやり方だったかもしれません。とにかく、それが問題のはじまりでした。」

「そうなんですよ、そのあと、いろいろなことがおかしくなって」とルーシー・バゴットは言った。「ジプシーは、自分が善良な犬を追い出してしまった、と感じたんです。ジプシーはそうした感情をいろいろなやり方で表わしました——要するに、犬特有の奇妙な、ちょっとしたやり方で。」話が止んだ。どんな悲劇であれ、それを話す段階にさしかかったのだ、この中年の二人がとても話し辛くて、なんとも忘れがたいと思っている、馬鹿げた、取るに足らない悲劇を。

「その時まで私たちには分かっていませんでした」、バゴットは話をつづけた。「ジプシーがどんなに強く感じているかがね。人間だったら、ルーシーの言うように、口がきけますからね。『悲しい』と言えば、それで分かるわけです。でも、犬の場合は違います。喋れないんですから。だけど、犬は」と言ってから、トムは付け加えた。「覚えているんですよ。」

「ジプシーは覚えていました」、ルーシーはトムの話を裏付けた。「覚えているということを示しました。たとえば、ある夜、古いぼろ人形を応接間にくわえてきたんです。私は独りで座っていました。ジプシーはその人形を口にくわえて、床の上に置きました。まるでプレゼントみたいに——ヘクターの代わりとでも言うように。」

「別のときには」とバゴットはつづけた。「白い猫を連れてきたんですよ。傷だらけの、尻尾もない、みじめったらしい猫でした。その猫は出ていこうとしないんです。私たちは猫は要りませんでした。ジプシーだって要らないんですよ。だけど、猫を連れてきたのは、なにか意味があってなんです。ヘクターの代わりにしようとして？　それがジプシーのただ一つできることだったのかな？　たぶんね……」

「それとも、他の理由があったのかもしれませんわ」とルーシーはつづけた。「それが私にははっきり分からないのです。ジプシーは私たちにヒントを与えたかったのかしら？　心づもりをさせたかったのかしら？　あれが喋れさえしたら！　そうしたら、あの子に言って聞かせて、説き伏せることもできたでしょうに。あの子は喋れないので、私たちはその冬のあいだずっと、なにかおかしいとぼんやり思っていました。ジプシーは寝入っているかと思うと、夢でも見たかのように、きゃんきゃん鳴き出すんです。そして、眼を覚まし、まるでなにか物音が聞こえたみたいに、耳をぴんと立てて、部屋中駆け回るんですよ。私はよく戸口まで行って、外を見ましたわ。だけど、誰もいませんでした。ときどきジプシーの全身が震え出すのです、半ば恐れて、半ば激して、といった風に。もし人間の女性だったら、なにか誘惑に徐々に屈しているみたいだ、と言えるでしょう。懸命に抵抗しようとするけど、しきれない、いわば抗しきれない何かが血の中を流れているといった様子なんです。私たちはそう感じました……それにジプシーはもう私たちと一緒に外に出ようとしないのです。暖炉の前の敷物の上に、耳をそばだてながら、座っているのです。だけど、ありのままをお話しして、あなた方にご自分で判断していただくのがいいわ。」

ルーシーは話を止めた。だが、トムは彼女にうなずいて見せた。「結末は君が話しなさいよ」と彼は言った。馬鹿げていると思われるだろうが、自分で結末を話せる自信がないという明らかな理由から。

ルーシー・バゴットは話し出した。まるで新聞記事を読み上げているかのように、堅くなって。

「ある冬の夜、一九三七年十二月十六日のことですわ。オーガスタス――白猫の名前ですけど――が暖炉の一方の側に、ジプシーがもう一方の側に寝そべっていました。雪が降っていました。通りの物音は、雪のせいでしょう、静まりかえっていました。それでトムは、『ピンが落ちるのも聞こえるくらいだね。田舎にいるみたいに静かだ』と言いました。その言葉で、私たちは、もちろん、耳をすましました。遠くの通りをバスが通っていく音がしました。ドアがパタンと音を立てました。足音が遠のいていきます。なにもかもが、降る雪のなかで、消え去っていくように思われました。そのとき――耳をすましていたので、聞こえたのですが――口笛が聞こえました――長く、低く――しだいに小さくなっていくのが。ジプシーはそれを耳にしました。顔を上げました。全身が震えました。それから、にっとしたのです……」ルーシーは話を止めた。涙声になるのをどうにか抑えて、言った。「翌朝、ジプシーはいなくなりました。」

一座はしーんとなった。四人は自分たちのまわりにぽっかりと大きな空間が広がって、友人たちが、なにか神秘的な声に呼び寄せられて、雪のなかに消えていくような気がした。

「二度と見つからなかったの？」、ついにメアリー・ブリッジャーは訊ねた。

トム・バゴットは首を横に振った。

「できるだけのことをしました。見つけた人に礼金を出すと掲示したり。警察にも相談したり。噂では——ジプシーたちが通っていくのを見た人がいるとか。」

「ジプシーは何を耳にしたんでしょう？　何故にっとしたんでしょう？」とルーシー・バゴットは訊ねた。「ああ、今でも祈ってますわ」と彼女は叫んだ、「どうか、これで終わりではありませんように！」

（未発表原稿）

訳者解説

『灯台へ』『ダロウェイ夫人』『波』などの代表作によって、モダニズム文学に確たる位置を占めるヴァージニア・ウルフが、数多くのエッセイの書き手でもあったことはよく知られている。だが、評論家ヴァージニア・ウルフの経歴が、実は小説家ヴァージニア・ウルフの経歴よりも長いことは、案外知られていないかもしれない。なにしろ『ガーディアン』紙に彼女の最初の書評がのったのは、一九〇四年、ウルフ二十二歳のときであった。処女作『船出』の出版に先立つこと十一年である。以来、ウルフは『タイムズ・リテラリィ・サプルメント』をはじめ多くの雑誌・新聞に書評、伝記的記事、個人的随想、あるいは文学、絵画、音楽、映画、政治、フェミニズムなど幅広い分野に及ぶエッセイを生涯を通して書きつづけた。つまり、小説とエッセイは作家ウルフの文筆活動を支える車の両輪だったのである。彼女のエッセイは、ウルフ文学の本質を側面から照らしだす鏡の役割を演じていると同時に、その旺盛な批評精神を通して創造の世界には収まりきれない彼女の知的射程を提示している。

なかでも「ベネット氏とブラウン夫人」「現代小説」の二つのエッセイと単行本『自分だけの部屋』

は、数多い作品中もっともよく読まれているものであろう。前者二つはウルフ文学の核心を解く鍵として、かつモダニズム文学のマニフェストとして、ウルフを論じる際に繰り返し取り上げられてきた。私たちは、この二つのエッセイに導かれて、ウルフ文学が、「意識のはじめから終わりまで私たちを取り巻く半透明の包皮である人生を……できるだけ異質のものや外面的なものを入り混ぜないで伝達」しようとする営みであることを理解するのだ。また、ケンブリッジの女子学寮での講演をもとにした後者は、女性文学の伝統を先輩女性作家から受け継ぎ、それを次世代の女性作家に引き渡していく者としての自負に貫かれた、フェミニスト批評の源泉というべきエッセイである。世代から世代へと次々に手渡されていくバトンが、いつの日か必ずや理想の「女性詩人」——あのシェイクスピアのように、白熱光を発し、妨げられるもののない精神を具えた芸術家——の手に届くことを信じて疑うまいとウルフが『自分だけの部屋』の末尾で呼びかけるとき、そのメッセージはすべての女性に、「女の長い列」につらなる自分の位置を強く意識させずにはおかないだろう。

だが、ウルフのエッセイはモダニズム文学や女性文学、あるいはフェミニズムの分野に留まるものではない。少女期のころから父レズリー・スティーヴンの膨大な蔵書を知的ミルクとして育ち、のちに書評家として幅広い知的分野に興味が拡大され、かつブルームズベリー・グループのメンバー、とりわけ夫レナード・ウルフの影響もあって政治や階級の問題にもしだいに関心を抱くようになったウルフのことである。そのエッセイが取り扱う範囲は、時間的にも空間的にも、またジャンルからいっても、多種多様であった。しかし、残念なことに、彼女の全エッセイをふまえて評論家ウルフの発展を辿るには、まだ機が熟していないと言わざるを得ない。というのは、ウルフの死後、夫レナードによってかなりの数のエッセイが出版され、また、レナードの死後も、『存在の瞬間』（一九七六）など重要な未刊のものが出版リストに加わるなど、ウルフのエッセイはしだいに出そろいつつあるものの、そのすべてにはまだアクセスできていないのが現状なのである。アンドルー・マクニールの編纂による『ヴァージニア・ウルフ評論集』（全六巻）の第一巻が出版されたのは、一九八六年であった。ウルフのエッセイのすべてを網羅し、綿密な注をつけた待望の編書である。その後、第二巻（一九八七年）、第三巻（一九八八年）、第四巻（一九九四年）と順調に出版され、評論家ウルフの全貌がようやく見えかかってきたところだが、あとにつづく二巻は第四巻出版からすでに八年を経た現在もまだ出版されていないのだ。この編書に要する時間とエネルギーは想像するだに膨大なものなので、止むを得ない待ち時間と見なすべきかもしれない。いずれにしても、ウルフ読者待望のこの編書が完成したときこそ、ウルフの評論（ひいてはウルフ文学）が本格的研究の対象となるときであろう。

本書では、ウルフのエッセイ十四篇と短編二篇を訳出したが、ウルフのさまざまなアスペクトを念頭に選んだつもりである。二、三の例を挙げるなら、「伝記という芸術」は、一つのジャンルとしての特質を追求した伝記論であり、かつリットン・ストレイチー論でもあり、結果として伝記の歴史におけるストレイチーの革新性とその限界を浮かび上がらせている。「書評について」は、現時点における書評の有益性に疑問を突きつけ、その改善案を半ば真面目に、半ば悪戯っぽく示唆したものだが、書評家としての長年の経験が背後にあるだけに、論の運びに説得性があり、書評の果たす役割について作家・書評家・読者のそれぞれに一考を促すものであろう。「『源氏物語』を読んで」はアーサー・ウェイリーの訳本の書評だが、当時のヨーロッパ読書界における『源氏物語』の受容の一つの姿を示している点で貴重なエッセイである。このエッセイから、ウルフ個人はもとより、当時のヨーロッパ知識人の東洋にたいして抱いたイメージがはからずも伝わってくるのではなかろうか。また、在りし日の父親を振り返る「わが父レズリー・スティーヴン」は、懐かしい思い出に浸る娘のあたたかい眼差しと一人の個性的な人物像を描きだす作家の鋭い眼差しを共存させ、短いながら印象的な効果を生み出している。

ところで、ウルフのエッセイの魅力はと言えば、卓抜な着想、思いがけない切り口、気の向くままにペンを走らせているようなルースな構造、計算された脱線、適切な比喩、そして皮肉な口調でふと洩らされる本音など多々挙げることができよう。だが、どれか一つだけと言われれば、絶えず変化するものの中に不変なるものを、流動して止まないものの中に静止するものを求めつづける視点ということになろうか。

本書の訳出には、みすず書房の辻井忠男さんにたいへんお世話になった。いつもながらの行き届いた編集に感謝申し上げたい。

二〇〇二年十一月三日

川本　静子

本書は、二〇〇二年月十二月にシリーズ「大人の本棚」の一冊として小社より刊行された『病むことについて』を、単行本（新装版）として刊行するものです。

著者略歴

(Virginia Woolf, 1882-1941)

1882年，著名な文芸批評家レズリー・スティーヴンを父親として，ロンドンに生れる．父親の教育と知的な環境（ブルームズベリ・グループ）の中で，早くから文芸への情熱をはぐくむ．1915年，最初の長篇小説『船出』を出版し，ついで『夜と昼』『ジェイコブの部屋』を発表する．さらに，彼女の小説世界を十全に開花させた傑作『ダロウェイ夫人』『燈台へ』『波』が生れる．ここで彼女は，プルースト，ジョイスらによって示された「意識の流れ」を，独自の立場から追求している．『幕間』をのこして，1941年神経衰弱のため自殺．また，重要なものとして他に，『自分だけの部屋』『女性にとっての職業』『三ギニー』などの数多くのエッセイ，内面の記録である『日記』がある．

編訳者略歴

川本静子〈かわもと・しずこ〉 1956年津田塾大学英文科卒業，1957年東京大学大学院修士課程修了．1962-63年ハーヴァード大学大学院留学．津田塾大学名誉教授．2010年歿．著書『イギリス教養小説の系譜』（研究社，1973）『G.エリオット』（冬樹社，1980）『ジェイン・オースティンと娘たち』（研究社，1983）『ヒロインの時代』『遥かなる道のり――イギリスの女たち 1830-1910』（共編著，国書刊行会，1989）『ガヴァネス』（中公新書，1994／みすず書房，2007）『〈新しい女たち〉の世紀末』（みすず書房，1999）『ヴィクトリア女王――ジェンダー・王権・表象』（共編著，ミネルヴァ書房，2006） 訳書 V.ウルフ『波』（みすず書房，1976）V.ウルフ『自分だけの部屋』（みすず書房，1988）トマス・ハーディ『日陰者ジュード』（国書刊行会，1988／中公文庫，2007）E.ショウォールター『女性自身の文学』（共訳，みすず書房，1993）E.M.フォースター『ロンゲスト・ジャーニー』（みすず書房，1994）『民主主義に万歳二唱』『アビンジャー・ハーヴェスト』（共訳，みすず書房，1994, 1995）『ある家族の伝記』（共訳，みすず書房，1998）V.ウルフ『壁のしみ』（みすず書房，1999）V.ウルフ『オーランドー』（みすず書房，2000）．

ヴァージニア・ウルフ
病むことについて
川本静子編訳

2002年12月20日　初　版第1刷発行
2021年 5 月20日　新装版第1刷発行
2023年 9 月19日　新装版第3刷発行

発行所 株式会社 みすず書房
〒113-0033 東京都文京区本郷2丁目20-7
電話 03-3814-0131(営業) 03-3815-9181(編集)
www.msz.co.jp

本文印刷所 三陽社
扉・表紙・カバー印刷所 リヒトプランニング
製本所 誠製本

ISBN 978-4-622-09024-3
[やむことについて]